論創ノベルス

新聞復権

Ronso Novels 014

豊田旅雄

論創社

目次◎新聞復権

0　記者と喫煙所

喫煙所。

社会から冷たい風を浴びせられる喫煙者は、喫煙所に逃げ込む。初めて行った場所だろうと普段から通い慣れた場所だろうと、そこは喫煙者にとって、心落ち着く居場所となる。

喫煙者たちはお互いを、健康リスクを冒し、高いたばこ税を支払う者同士、いわば戦友とでも言えるような関係に感じたりする。世の中の喫煙率が下がれば下がるほど、少数派の仲間意識は強くなる。

集まる人間は多種多様。目的はたばこを吸うだけなのだから、上下関係も横のつながりも一切関係ない。

一度たばこに火を点ければ、その人物は五分は動かない。喫煙所に二人きりになると、五分もの間、お互いにただ黙っているというのはなかなか難しい。そこに会話が生まれる。

「どうだい最近、調子は？」

ある会社の役員に聞かれた若手社員が、

「今、人手が足りなくて大変ですよ」

と、何気なく答える。

「じゃあ、おれが今度、会社に掛け合ってやろうか？」

話が人事に発展したりする。

「今度、仕事で新しいプロジェクトをやりたいんですけど、今のリーダーが『新しいことはやるな』って言うんですよね」

「そんなバカな話があるか。そんなら企画書、おれに直接持ってこい」

本来、通さなければならないはずの面倒なリーダーも、〝喫煙所ルート〟ならすっ飛ばせる、なんてこともある。

別の日にその役員と喫煙所で顔を合わせる。

「新プロジェクトのリーダーはお前に決まったぞ」

役員と談笑しながら喫煙所を出る。そこを非喫煙者の面倒なリーダーに目撃でもされれば、面倒なリーダーは必ず、

「アイツは喫煙所で出世した」

と、方々で愚痴《ぐち》をこぼす。

紙巻き、加熱式、電子と種類にもよるが、たばこ一本分の時間というのは結構長い。一問一答なら一問で済むような時間ではない。五分もあれば、話は冒頭の軽いあいさつから、聞きたかったことの結論にまで至ることもある。しかもその機会は、一回限りではない。同じ組織に身を置く人間同士であれば、お互いに、あるいはどちらかがたばこをやめない限り、ずっと続く。

喫煙率が高かった時代、「会社人事は喫煙所で決まる」、「人脈は喫煙所で作る」、などという言葉が生まれた背景はここにある。

喫煙所に通う社員がやたらと会社の人事情報に詳しかったりすると、たばこを吸わない社員から妬《ねた》まれたりすることもある。ならば、人事権を持つ役員と話したい非喫煙者はトイレで待つかといえば、それは現実的ではない。用を足しに来ている役員は、それこそ〝用〟があるから来ているのである。そこには、たばこ一本分の時間はない。

会社に限らず、国会の中にだって喫煙所はある。敷地内全面禁煙を敷いている官公庁でも愛煙家の役人はいる。そういう人は必ず、敷地外のどこかに喫煙できる場所を見つけている。庁舎を出てやっとたどり着いた愛煙家のオアシスで何度も顔を合わせ、身を寄せ合ってたばこを吸っていれば、そこで新たな人脈が生まれたり、今まで知らなかった情報を得られたりする。

時代がどんなに移ろいゆくとも、組織で力を持つ愛煙家や、たばこを吸う情報通の姿が消えることはないだろう。

だから記者は、喫煙所を狙う――。

1　辞表と密命

新聞社が、揺れた。

房州新聞社会部サブキャップ、花村和癸《はなむらかずき》は、その揺れを肌で感じた。

〈キャップが辞表出したって、本当か？〉

〈もしかして、大手に引き抜かれたってことですか？〉

〈まさか、編集局長とケンカして辞めるってわけじゃあるめえな？〉

震源地は社会部。直属の上司である社会部副部長兼キャップの岡部壮一《おかべそういち》が会社に辞表を出した。

その日の夕方から、花村の携帯電話には、真偽を確かめたい同僚記者たちからの問い合わせが津波のように押し寄せた。

〈まさか、岡部さんまで房州を捨てるんですか？〉

そんな声もあった。

インターネット社会の進展によって、紙の新聞を読む人は減り続けていた。「世相を読む」などと嘯《うそぶ》いて様子見を重ねてきた房州新聞社はネット新聞やネット広告で後手を打ち、特にその影響を強く受けた。業績が悪化すればするほど、会社を見限って退職する社員は増えていた。

それでも花村は、責任感を持って活字を刻む新聞が復権しないと、健全な社会にはならないと信じていた。そんな会社にあって、岡部は知識や経験、実績のみならず、人格や人望にも優れ、社員の誰もが将来の編集局長候補と認める優秀な記者だった。花村も心の底から尊敬し、早く幹部になって会社を建て直してほしいと願っていた。

だが、どういうわけか岡部自身は現場にこだわり続け、花村に対しては日ごろから、管理職となる部長には昇進しないと口癖《くちぐせ》のように公言していた。花村としては、まずは部長になってもらい、局次長、局長へと出世の階段を駆け上がって自分を引き上げてほしかったのだが、岡部は内示が出ても昇進を拒み、ギリギリの副部長で年齢を重ねていた。だから、副部長を兼務しているとはいえキャップとサブキャップの関係なのに、岡部と花村の年齢はひと回り以上も離れていた。

岡部はこの日の朝一番で、編集局長に辞表を提出したらしい。その後、岡部が編集局内に姿を現すことはなかった。これはいつものことで、軽量なノートパソコンとインターネットが普及した現在、岡部はそれらを持って取材先から取材先へと駆け回り、それぞれの場所から直接原稿を送ったから、編集局内の自分のいすを温める暇《ひま》はなかった。姿はなくても、編集局内にはこの日岡部が取材して執筆した数多くの原稿が次々と送られて来ていた。

「私も突然すぎてわかりませんが、『部長にはならない』ってのがキャップの口癖でしたので、もしかしたら会社が部長の辞令でも出して、それを固辞したんじゃないですかね」

四十代後半で書き盛りの岡部が会社を辞める理由などまったく思い当たらなかった。花村は、事情を知らない先輩記者から何を聞かれても、そう答えることしかできなかった。

問い合わせの電話は、本社を遠く離れた通信部の記者からというのが大半だったが、普段、社会部とは交流のない広告局や出版局、花村から見れば謎のベールに包まれている文化部や販売局、イベント事業部からもあったことに驚かされた。

一般的な記者であれば、政治なら政治、社会なら社会、スポーツならスポーツ、文化なら文化と、自分の畑を持っている。花村も入社十年間での人事は社会部の手下《てか》、地域情報部、現在の社会部サブキャップという流れで、まさしく社会部畑を歩んでいる。三十代前半でサブキャップ五年目というのは、王道の人事と言える。

だが、岡部には畑がなかった。部長職を拒み続ける岡部は、会社が創業して以来初めて、編集局の三本柱とも言える政治部と社会部、地域情報部の三カ所で、いわゆる次席でデスクとなる副部長を務めた。房州新聞は地方紙だから、大手紙の東京本社のように百人からいる社会部の記者を束ねるといったものではない。今でこそ新聞不況で人数が半減されてはいるが、房州新聞でも最盛期には社会部に十人ほどはいたから、その副部長ともなると、組織的にも年齢的にも、花村から見たら相当に上の人間ということになる。

現場指揮官となるキャップ職で言えば、編集三本柱で副部長と兼務し、副部長を置かない文化部でも務めた。さらに、歴代で三人しか着任していない国会や省庁を担当する東京報道部、成田空港を擁する空港支局での勤務経験もあり、社内的にはその経歴は畑はなくとも相当に華々しい。それだけではなく、広告局や出版局にも出向し課長を務めていた経歴もあるからまさにゼネラリストで、社内で岡部を知らない人間はいなかった。

しかも岡部は、三本柱ではデスクとキャップを兼務し、デスクでありながら現場に出続けている。取材現場では当然、同業他社のキャップと顔を合わせることが多い。岡部は部長職を固辞していたから、どうしても他社と比べるとキャップとしては年齢が高すぎるということはあったが、他社の若いキャップよりも経験が段違いだったから、花村から見ても、能力的に申し分なかった。

記者用携帯電話の番号は全社員に公開されていた。岡部の辞表が気になった社員たちはみな、本人には直接聞きづらい、社会部長や編集局長に直接電話をするわけにもいかないからと、聞きやすい部下の花村に電話をかけた。花村も編集局内の同僚記者であれば顔も名前も知っていたが、他局となると「初めまして」という相手も多く、先輩なのか後輩なのかもわからないこともあった。相手が先輩なら適当に答えるわけにもいかない。だが、岡部の辞表は直属の部下である花村にとっても寝耳に水だった。岡部から会社を辞めることを事前に打ち明けられたことなどなかったし、きょうだって岡部は、いつも以上に普通に仕事をこなしている。花村自身、岡部の辞表の真偽を自ら確かめたいところだったが、同僚たちからの無数の問い合わせ電話がそれをさせてくれなかった。

翌日の朝刊のための出稿作業がひと通り終わり、社内の慌《あわ》ただしさが出稿側から実際に紙面を組む整理部へと移ると、丹羽《にわ》編集局長が「ちょっと」と、花村に声を掛けてきた。整理部が紙面を組み上げ、確認用のゲラを持ってくるまでの間だけは、編集局内は少し落ち着く。

丹羽編集局長が大部屋を出て行こうとしたので、花村は急いで後をついて行くと、着いた先はオープンフロアにある打ち合わせスペースではなく、四方が壁に囲まれドアにカギがかかる小会議室だった。記者たちの間では〝説教部屋〟と呼ばれ、記者が何か原稿でミスを犯すとここに連れ込まれ、散々説教された挙げ句、始末書を書かされる。

あれだけの量の活字をほんの数時間で組み上げて印刷する新聞だけに、アラを探せば必ずどこかに間違いは見つかる。

――また何かやっちまったか？

反射的にそう考えた花村は、説教部屋に入ろうとした丹羽編集局長に、

「あ、ハンコ取ってきます」

と、始末書用のハンコを気にした。だが、丹羽編集局長は、

「いい、いい」

とだけ言って、部屋の上座に座った。

丹羽編集局長からの呼び出しは大抵《たいてい》説教だ。まだ別の理由で怒られる可能性もある。花村は一応、入り口に近い壁際に立ったまま備えた。

「まあそこ、座ってくれ」

丹羽編集局長が、通常の編集会議なら政治部長が座る、上座に一番近い席に座るよう促した。どうやらミスで叱《しか》られるのではないらしい。素直にそこに座った。

「忙しいとこ、悪いな。すでに知ってるとは思うが、岡部の件だ」

丹羽編集局長が簡潔に話を切り出した。岡部の辞表はすでに会社中で話題になっている。始末書でなければそうだろう。では、用件は何か。

「私も驚きました」

花村は少し警戒しながら、岡部が辞表を出すことは事前に知らなかったとわかるよう予防線を張った。

「驚いた？　お前、岡部の手下だろう？　例えば半年前とかに、岡部から『いついつに会社、辞めようと思う』なんて話ぐらい、あったんじゃないのか？」

「いえ。まったくの寝耳に水です」

花村が答えると、丹羽編集局長が信じられないというような顔をした。

「それで、きょうは……？」

花村は、丹羽編集局長の期待に添う答えができなかったことを悟り、恐るおそる聞いた。すると丹羽編集局長は、

「そうか、聞かされてなかったか……」

とつぶやいた後、少し間を置いてから、

「岡部が辞める理由ってのはお前、本人から何か聞いたか？」

と聞いた。

「いえ、私には何も……。そういうのは、辞表の中に書いてありませんでしたか？」

記者の本分だろうか。この件に関しては知りたいことだらけだった花村は、編集局長を前にしてもただ答えるだけではなく、質問を付け加えた。

「一身上の都合だ。それ以外は何も書いとらん。辞表と言っても、まだ退職願だがな」

つまり、岡部は会社に退職を届け出たのではなく、会社に退職したいと願い出たということだ。

「局長。その願いってのはもう、会社として受理してしまった、ということなのでしょうか？」

「形に不備がないんだから、受理せざるを得んだろう」

「そんなあっさりと……」

「あっさりじゃねえよ。おれだって今朝、一方的に辞表突きつけられて、一時間以上もアイツと話して慰留したんだ」

丹羽編集局長が、おもむろに胸ポケットからたばこを出して火を点けた。房州新聞社は五年前に喫煙所以外は全館禁煙となっていたが、説教部屋の隅にはそのときに回収されたはずの銀色の灰皿がいくつか積み上げられていた。編集局の大部屋の中央に席を構える丹羽編集局長がこの部屋を自分専用の喫煙所として使っていることは、編集局員で知らない人間はいなかった。

「一方的に突きつけられた……？　それじゃあ局長。局長がキャップに部長の内示を出して、キャップがそれを固辞して辞表って流れじゃないんですか？」

花村は立ち上がって、部屋の隅から灰皿を取ってくると、それを丹羽編集局長に差し出しながら言った。

「アイツは部長を希望しとらんのだから、おれはそんな内示なんか出さんよ。それにまだ人事の季節じゃねえだろう」

「それじゃあ、大手に引き抜かれたとかですか？」

「それはない。退職後の就職先なんかも、まだ全然決まってないんだそうだ」

「じゃあ、何で……」

「それを聞きたいから、お前を呼んだんだよ」

「ですが局長。キャップと一時間以上も話したんじゃないんですか?」

「そこでもアイツ、何も言わないんだよ」

「言わないって……」

「ただ『二十五年間、お世話になりました』、『ありがとうございました』と繰り返すばかりでな。何か会社の問題点でも言ってくれりゃあ、おれとしても引き留めようもあったんだが……」

丹羽編集局長の話しぶりで、心から会社は記者としての岡部を必要としているということが伝わった。

「もしかしたらですけど、キャップって今まで、花形と言えば聞こえは良いですが、仕事としては忙しくてプレッシャーも厳しい部署ばかり行かされてたじゃないですか。それが原因ってことも。その辺については何か言ってたんじゃないですか?」

「おれもそれは思ったよ。会社は今まで、アイツに頼りすぎてたところが正直あったからな。それで聞いてみたんだが、岡部は今までに回ったところで過酷すぎた部署はないし、どの部署での仕事も楽しかった、後悔はないって言うんだ」

とても信じられない話だった。房州新聞の出世コースには三本のルートがある。政治部で結果を残した今の大和田《おおわだ》社長の〝政治部ルート〟と、時間的な拘束が厳しすぎて多くの記者たちが嫌がる丹羽編集局長の〝社会部ルート〟、営業で好成績を残し東京支社長を経て社長に登り詰める〝広告局ルート〟だ。どのルートも登り方を誤れば同僚社員だけでなく他社の記者や取引相手、政治家にだって蹴落とされる。

一本のルートを登ることだけでも過酷だというのに、岡部はその三本で八合目まで登ったどころか、文化部や地域情報部という新たなルートまで開拓したような男だ。花村が社会部キャップのこの二年間を見ただけでも、一体いつ眠っているんだと思えるほど働いている。しかも、器用貧乏という印象はなく、まるで社会部キャップが天職なのではないかと思えるぐらい、特ダネも数多く飛ばしていた。

房州新聞では昨年、すべての記事を記者の署名にしようという議論があったが、すぐにたち消えたことがあった。ある日の新聞で確認してみたところ、一面トップ、経済面の中段、地域情報面トップ、社会面見開き二ページのトップ、肩、中段、細かいベタ記事に至るまで、あらゆる記事の署名が『岡部壮一』となってしまうことが判明した。そんな新聞を読者が見れば、房州新聞には記者がいないのかと思われるだけだというのが理由だった。

それほどの仕事をしてきた岡部が、今までを振り返って過酷ではなかったというのは信じられない。厳しい出世ルートを楽しげに登っていくというのも信じられないし、八合目から上には登らないというのも、普通に出世を望む花村には信じられなかった。確かに岡部は「部長にはならない」と公言してはいたが、そんなものは部下に対する見栄とか強がりとか、そういった類《たぐ》いのもので、花村からは見えない〝上〟の世界、編集局長レベルでは何か別の理由で岡部を今のポジションに留めているのだろうと思っていた。

「それで、私にどうしろと？」

そろそろ、いつも通り岡部の記事ばかりで埋まった社会面のゲラが上がってくる。花村はいま一度、話を本題に戻した。

「花村。岡部の退職願の日付は一カ月後だ。アイツはもう何年もの間、ただの一回も使っていない有給休暇も取得しないで辞めると言ってる。会社としてはありがたいには違いないんだが、有給の権利を捨ててまで急いで辞める理由が、おれにはまったくわからん。カネに執着のない男だから、もしかすると、最期に少しでも会社のためを思って権利を放棄したって可能性もある」

「確かに。キャップ、会社の経営についてはいつも、『無駄が多すぎる』って言ってました」

「今どき、『立つ鳥跡を濁《にご》さず』なんていねえぞ？　辞めるヤツらなんてみんな、会社に恨《うら》みつらみを言い放って、机を蹴っ飛ばして去って行くもんだ」

「上川《かみかわ》なんか、親連れて来ましたもんね」

花村は三年前の春に会社を辞めた女性記者を思い出した。

新入社員だった上川は本社での座学研修の後、花村の下で一カ月間の外勤研修を受けた。初めのうちは花村が車で現場に連れて行き取材のノウハウを勉強させていたのだが、ある程度経ち上川を一人で簡単な取材に行かせるようになると、とんでもない話が県警側から飛び込んできた。

「おたくの新人さん、署にパパが運転する車で来たぞ」

房州新聞社の外勤記者としての採用条件は『要普通免許』なのに、上川は免許を「入社後に取る」とうそをついて入社し、いざ取材となると、実の父親が運転する父親の車を使っていた。

車がなければ、社会部記者は務まらない。今まさに炎が上がっている火災現場に写真を撮りに行くのに、電車やバスなど待っていられない。台風で電車が止まっていれば、車なしでは土砂崩れ現場に行くこともできない。だから花村は、すぐに免許を取れと指示したが、上川は「車の運転は怖いから嫌です」と、平然と断った。それで、紙面をレイアウトする内勤職場の整理部に異動させる内示を出すと、今度は上川の父親が会社に怒鳴り込んで来た。「うちの子は整理部なんか嫌だと言っている。あなたはちゃんと、うちの子の希望を聞いたのか！」。上川は別に、〝ドラフト一位〟でこちらから頼み込んで入社してもらったスーパールーキーでも何でもない。丹羽編集局長が突っぱねると、上川はその後、辞表を携帯電話のメールで送って来た。

「だからお前には、岡部が辞める理由ってのを探ってもらいたいんだ」

丹羽編集局長が居ずまいを正して言った。

「辞める理由ですか……」

「それがわからなきゃ、慰留しようがないだろう」

「慰留ったって、そんなのまだ間に合うんですか？あ」

「だから、間に合わせるんだよ。退職願を退職届にさえさせなきゃいいんだ。あれほどのキャリアを持った記者なんて、日本中探したってそうそういるもんじゃない。しかも、県内どこにでも顔が利く。アイツは将来、紛《まぎ》れもなく会社を背負って立つ人間だ。おれはまだ、岡部をあきらめたくないんだ」

岡部は花村にとっても信頼する上司だ。花村自身も仕事上、岡部に今辞められてもらっては困る。圧倒的な取材力と出稿量で常に紙面を充実させる岡部がいなくなれば、その後の紙面が貧相になることはわかり切ったことだし、何よりそれを毎日続けることができる判断力や手際の良さ、ネタの取捨選択のコツなど、岡部から盗むものはまだまだ山積みなのだ。岡部を会社に引き留めたいという思いは花村も一緒だった。

「どこまでできるかわかりませんが、やってみます」

花村は背筋を伸ばし、そう言って頭を下げた。

「おれは何とかして、岡部の退職願を〝願い〟のまま預かる。〝願い〟と言ってもまあ、出された以上、退職の手続きは粛々と進んじまうには進んじまうんだが、それでも退職届だけは一カ月後のその日に正式に受理するようにする。〝届け〟が受理されちまったら終わりだ。残された時間は一カ月しかない。慰留する時間もあるんだから、できるだけ早く頼むぞ」

珍しく丹羽編集局長が頭を下げた。花村は、丹羽編集局長が心の底から岡部を会社に残したいと思っているのを、はっきりと感じ取った。

「わかりました。岡部キャップを失うのは、私も会社の大きな損失だと思いますので、全力で探ります」

花村は固く誓った。だが、丹羽編集局長は、それでも足りないと思ったのか、灰皿でたばこをもみ消しながら、

「それとな、花村。もしもこのまま岡部が辞めちまったら、代わりのキャップは嶋《しま》だ」

と付け加えた。嶋は岡部と同期で、現在、県南の通信部にいる。自分こそ日本一優秀な記者だと公言するプライドの高い記者で、とにかく自分が特別扱いされないと気が済まない男だった。取材力は岡部に遠く及ばず、社員の悪口を言い続けることで自尊心を保っているというタイプだから、花村は入社以来、嶋とは関わらないようにして生きてきた。もしもそんな男が直属の上司となれば、どんなトラブルに見舞われるかわからない。

——そんなのはまっぴら御免だ。

花村は静かに、

「社会部は新聞社の華です。絶対に崩壊はさせません」

と言って、丹羽編集局長の目を見つめた。丹羽編集局長もその決意を感じ取ると立ち上がり、

「本当に頼むぞ」

と言って、花村の肩にポンと手を乗せた。

花村は、上司から頼みごとをされた立場から、もう一つ質問しても許されると思い、

「ちなみに、嶋さんのキャップってのは、岡部さんみたいに副部長と兼務ですか？」

と聞いた。

「副部長に昇格？　アイツに何か、功績あったか？」

丹羽編集局長は花村の両肩に手を乗せ一回だけ強くもむと、花村を置いて説教部屋を出て行った。

2　二日前の殺人事件

花村は学生時代、東日本大震災で被災した。実家マンションのあった地区は埋め立て地だったため地盤は簡単に液状化し、街はあちこちの道路の裂け目やマンホールから吹き上がった泥であふれた。マンションこそ倒壊は免れたが、電気、ガス、水道といったライフラインはことごとく止まった。

エレベーターの動かないマンションでスコップを持ち、毎日、階段で十階まで昇り降りした。それまで顔も知らなかった同じマンションの住人たちと一緒になって、毎日毎日、街の泥かきをした。

ある日、房州新聞の赤い取材腕章をした記者から取材を受けた。

「とにかく今必要なもの、ありませんか?」

その記者は、花村と一緒になって泥かきをしながら聞いた。ボロボロと言ってもいいほどくたびれたジャケットに、乾いた泥があちこちにこびりついたズボン、脂ぎって櫛《くし》すら通りそうもないボサボサの頭髪。発災の日から今まで、ずっと取材を続けてきたというのが外見だけでわかった。

電気、水、食糧、カセットコンロにウエットタオル……。今必要なものなど山ほどあった。カネなどいくらあっても、コンビニに商品が置いていないのだから、まったく意味がなかった。

だが、記者に聞かれた花村はたった一つだけ、

「簡易トイレがあれば、どこも助かると思います」

と答えた。

自宅のトイレが使えなくなったマンションの住人たちは、自分たちの部屋が臭うのは嫌だと、コンビニのビニール袋で用を足し、公園の公衆トイレにそれを捨て始めていた。公衆トイレだって水が止まっていたから、トイレ問題は特に深刻だった。隣の地区は上下水道が生きているらしい、あそこの公民館のトイレが使えたと聞いた……。こんなうわさすら、当時は貴重な〝情報〟だった。

記者の取材後、近くの公園に大量の簡易トイレが届いた。

マンション住人たちの間に、房州新聞の報道のおかげらしいとのうわさが流れた。実際、花村は記者の取材翌日の新聞を読むことはできなかったのだが、房州新聞は花村のコメントを目立つよう、見出しをつけて報じてくれた。それが行政に届いた結果の支援物資だった。

少なくとも毎日、トイレのことを考えなくて良くなった。本当にありがたかった。

地元の新聞が声なき声を行政に届けてくれた。

花村は取材の最後、このときの記者に、

「記者さんの会社とかご自宅だって大変でしょう。こんなところで仕事なんかしてていいんですか?」

と聞いた。すると記者は、

「千葉のためですから。県民が困っているときに、自分のことを気にする地方紙の記者なんていませんよ」

と答えて笑った。

花村は、このときの記者の泥だらけの笑顔がずっと忘れられなかった。

震災は、工学部出身で理系にも関わらず、花村が新聞記者を目指すことの大きなきっかけとなった。

入社後、この記者は、若き日の岡部だったことがわかった。

岡部は、当時の花村のことも最後の会話もまったく覚えていないとのことだったが、あの記事を書いたことだけはしっかりと覚えていた。

丹羽編集局長からの呼び出しの後も、花村の携帯電話には、岡部の辞表の真偽を確かめようとする社員たちからの問い合わせが続いた。

「キャップが辞表を出したことは事実です。編集局長に確かめたところ、退職の理由は『一身上の都合』でした」

社会面の降版時間が迫り、紙面の最終チェックで慌ただしい中でも、花村はいちいち電話に出て、編集局長の呼び出し以前とは違い、新たに知り得た情報を付け加えて簡潔に説明した。だが、やはり「一身上の都合」で納得してくれる社員は一人もいなかった。

花村にとっては入社以来ずっと憧《あこが》れ、今は同じ社会部員としてより具体的な目標となっている記者が会社を去るのである。

「私だって、キャップに辞めてほしくなんかありません」

何人にそう答えただろう。

携帯電話には、この日の夕方からだけで、かなりの人数からの着信履歴が残った。

――きょうおれに電話してきた人ってのは、おれに聞くぐらいだから、キャップが本当に辞める理由なんか知るはずないよな。

十年以上、地方の通信部に塩漬けにされている大先輩、三度の飯よりうわさ好きの庶務のおばさん、花村と同期の営業マン……。社会面を降版してひと息ついた花村は、その履歴をながめながら思った。

その途端、花村はハッとした。紙面の降版を確認する降版番はキャップとサブキャップの交代制だ。きょうは自分の番だから、外で取材を続けるキャップの岡部に、降版確認の連絡を入れるのがルールとなっていた。

毎日、直接電話でやり取りしているというのに、きょうばかりは連絡しづらい。だが、降版連絡だけは必ずしなければならない。花村は意を決して、二十四時間三百六十五日呼び出しがかかる社会部専用ガラケーの短縮ダイヤルボタンの「1」を押した。

〈はい、岡部〉

岡部がいつもと変わらず、ワンコールで出た。

「あ、花村です。降版しました」

花村も普段通りに言った。すると、やはり岡部も、

〈了解〉

と言って、普段通りに電話を切ろうとした。そこで思わず、花村の口から、

「あ、先輩」

という言葉が出てしまった。

〈何だ?〉

岡部はそれを聞き逃さず、電話を切らなかった。花村は慌てた。こちらから呼び止めておいて何も話さないわけにはいかない。

どうして辞表を出したのか。サブキャップの自分に何か不手際があったせいか。どうして会社を辞めるのか。社会部を見捨てるのか。いや、房州新聞を見捨てるのか……。

花村の頭の中に、岡部が辞表を出したと聞いてからこれまで何度もめぐってきた言葉たちが浮かんだ。

——でも、それを聞いてキャップが答えるか？　相手は百戦錬磨《れんま》の記者だ。編集局長にすら答えなかったものを、十歳以上年下のサブキャップごときに答えるはずがない。それはわかっている。わかっているけど、キャップは辞表を出した。それもきょう。それなのに、その話題にきょう触れないという方が不自然なはずだ。

花村は言葉を選んだつもりだったが、

「先輩……。辞表を出したって……」

という言葉しか出なかった。そんな花村の反応は予想通りだったようで、岡部は大して間も置かずにあっさりと、

〈ああ、出した。悪いな〉

とだけ答えた。

「どうして……」

会話のテンポが花村の背中を押した。

〈どうしても何も、一身上の都合ってヤツだ。それよりお前、鑑識課長と仲良かっただろう？　きょうの夜回りでちょっと良さそうなネタ引いたんだ。あすの朝にでも鑑識課長んとこ行って、裏取ってくれ〉

せっかく会社を辞める理由を質問できたというのに、岡部はそれをあっさりとはぐらかし、いつも通りに仕事の話を始めた。

二日前に習志野市内で発生した殺人事件で使われたと思われる凶器のナイフが、現場からかなり離れた公園の池で見つかり、鑑識がつい二時間ほど前にそれを回収したとの話だった。女子大生が帰宅途中、路上で何者かに刺殺されたという事件だから、世間の注目度も高い。そのナイフが実際に殺人に使われたものと鑑識が特定していれば特ダネだ。凶器の発見は逃走中の犯人の特定につながるし、現場から離れた公園ということであれば、逃走ルートや潜伏場所の目安にもなり、報道を通じて読者にその公園周辺への警戒を呼び掛けることにもなる。

あすの早朝、鑑識課長の自宅前で待ち、出勤する鑑識課長にその事実を確かめて裏を取る。花村は必死で岡部から聞いた内容をメモすると、岡部は自分の進退などどこ吹く風とばかりに、

〈このネタがうまく行きゃあ、花村の名前で局長賞申請しといてやる。頼むぞ〉

と言って、電話を切られてしまった。

すべての紙面が降版すると、編集局の大部屋には当直員以外、ほぼ人がいなくなった。

花村は休憩室に行き、自販機で缶コーヒーを買った。当たりくじのルーレットのＬＥＤライトが回った。いつも通りハズレだった。

缶コーヒーを開け、口をつけた。『一身上の都合』。やはり岡部はそれしか言わなかった。本人がはっきりと退職する理由を言わないものを、どうやって割り出せばいいのか。いま一度、携帯電話を開いて着信履歴を見た。

――そうか。理由を知っている人間はおれなんかに聞いてくるはずがないんだから、うわさを聞いても電話をかけて来なかった人間をつぶしていけばいいのか？

そう思って履歴を見直してみると、丹羽編集局長が最後に言った言葉がよみがえった。

〈もしもこのまま岡部が辞めちまったら、代わりのキャップは嶋だ〉

キツネ目で品のない嶋の顔が頭に浮かんだ。

――冗談じゃない。あんな、自分のことしか考えない、若手を見下すことしか考えないような人間に上に立たれたら、社会部は終わりだ。

花村は残った缶コーヒーをひと息に飲み干すと、握力で缶を握りつぶした。

どんなに忙しくとも、汗だくになろうとも、いつも涼しげに仕事をこなす岡部の顔も浮かんだ。

——あの二人って、どうしてこうも違うんだ。ん？　そうか、そういやあの二人って同期なんだよな。同期なら何か聞かされてるってことも……。

嶋に電話をかけようと思った花村は、前に一度だけ、嶋に電話をかけたときのことを思い出した。嶋の通信部の管内で逮捕された窃盗犯が起訴されたかどうかを確認するだけの電話だったのだが、嶋はイエスかノーかではなく、「何の事件かわからないから、問い合わせ内容を文書にしろ」と答えた。面倒だったが文書を作ってファクスすると、「紙一枚で教えろと言うのか」と怒り出し、「お前は何年生だ」、「おれに聞く前に、他にいくらでも調べられたんじゃないのか」、「大体、先輩に電話で聞こうなんて失礼だろう」などと一方的に怒鳴られ、結局何も教えてもらえなかった。

——電話じゃ怒るんだよな……。やっぱ時間作って、直接行くしかないか。

気は進まなかったが、同期というだけで行く価値はあるような気がした。

——でも、行ったら絶対、「おれに同期の尻ぬぐいをさせるのか。しかも、どうして部長じゃなくキャップなんだ」って怒るよな、あの人。副部長でもねえくせに。でも、そうなれば、あんだけのトラブル・メーカーだ、もしかしたら勝手に自分の異動話を消しにかかってくれるってことも……。

花村は覚悟を決めた。

翌朝、花村は岡部の指示通りに海沿いにある鑑識課長の自宅へと向かった。

空は雲一つなく晴れ渡り、風もなく穏やかな海面から朝日が顔を出していた。

鑑識課長は前日がどんなに忙しい日だったとしても、晴れていれば毎朝、海岸を散歩するのが日課だった。花村は散歩ルートと海が見渡せるいつもの駐車場に車を停め、鑑識課長を待った。

鑑識課長は定時に現れた。花村は車を降りて駆け寄り、

「おはようございます」

とあいさつをすると、いつものように並んで歩き始めた。

「おう、花ちゃん。精が出るね」

鑑識課長もいつも通りだ。

花村は早速、女子大生殺しについて聞こうとすると、鑑識課長の方が先に、

「そういやおたくのキャップ、会社辞めるんだって？」

と〝逆取材〟してきた。

——まさか、きのう出たばかりの会社の内部情報を、外部の人間の鑑識課長が知っているとは。ってことは、県警全体がもう知ってるってことか？　たかがいち記者の辞表を？

花村は考えながら、

「まさかご存知とは……」

と言って、事実を認めた。

「驚いたよ。岡部さん辞めちゃったら、房州新聞も終わっちゃうんじゃないの？」

「ええ、まあ……」

「県警でも今、大問題になってるんだよ」

——県警の大問題？　キャップが辞めることが？

花村は一瞬、鑑識課長の言っている意味がわからなかったが、それはすぐに氷解した。

「岡部さんだけだったでしょ、ちゃんとこっちの言うことを理解した記事が書けたの。バカみたいに何でもかんでも記事にしないし、知ってても被害者に配慮して記事を書かないって判断もできてたしね。花ちゃんは知らないと思うけど、県警では岡部さん、評価はずば抜けて一番だったんだよ」

「うちのキャップをそんなに高く買っていただいてたなんて……」

「記者会見のときだってそうだよ。バカな質問をしたり同じ質問を繰り返す記者って必ずいるだろ？　花ちゃんはほら、岡部さんと一緒に会見に出ないから知らないだろうけど、岡部さん、ソイツらに対して、それが他社だろうと必ず叱りつけてくれてたんだ。こっちがちょっと下手な発表の仕方しちゃったときだって、後でちゃんと教えてくれたし。岡部さんが来て、本当にうちは助かってたんだ。だから辞めてもらっちゃ困るんだよ、本当に」

――鑑識課長は本心で言っている。目を見りゃわかる。これは社交辞令なんかじゃない。県警は本当にキャップに辞めてほしくないんだ。

そう思った花村も、

「ありがとうございます。私も、キャップには辞めてほしくないんですが、辞表、出されちゃったんですよね」

と、本心を包み隠さず話した。

「何で辞めちゃうのよ？　社内で何かあったの？」

鑑識課長の〝逆取材〟が続いた。

鑑識課長にそう聞かれたということは、岡部は県警の誰かに辞めることだけは伝えたが、誰にも退職理由は話していないことの証左だ。花村はそう確信した。県警内部にうわさレベルの誤った情報が飛び交うことはない。確定した情報のみが一斉に末端まで、あっという間に広がる。県警とはそういう組織だ。だが、退職理由こそ、花村が今一番知りたいことだった。それを逆に聞かれても、花村には答えようがなく、

「社内では何もないです。別に他社に引き抜かれたってことでもなさそうなんですが……」

と言うのが精一杯だった。

「引き抜きじゃないんだ。みんなは『絶対、大手に引き抜かれたんだ』って言ってたんだけど、大ハズレだったな。じゃあ何だ、全然別の職業に転職か？」

――〝みんな〟。やはり県警の内部、少なくとも幹部連中はみんな、キャップの辞表を知っている。

「編集局長の話だと、それもないみたいなんです」

「ふうん……。でも、あれだけの記者が会社を辞めるってんだから、何かよっぽどの理由があったんだろうな……」

鑑識課長が朝日の方にまぶしそうに目をやった。

もうすぐ散歩の時間が終わってしまう。花村は、

「ところで、きのう公園の池で見つかった女子大生殺しのナイフなんですが」

と、本題を持ち出した。すると鑑識課長は、

「さすが房州さん、よく取材してるな。分析はこれからだけど、血痕《けっこん》があったから、凶器はアレで間違いない。書いていいぞ」

とだけ言うと、今まで緩《ゆる》めていたペースを早歩きに上げ、「じゃあな」という感じで左手を振った。いつも通りの取材終了の合図だった。

歩く足を止めた花村は、鑑識課長の後ろ姿に向かって、いつも通りに頭を下げた。

花村はまだ誰も出社していない編集局に戻って女子大生殺しの原稿を書き終えると、誤字脱字などをチェックしながら、あらためて自分の上司が会社を辞めることが県警中でうわさになっていることを思い、うれしいようなうらやましいような、どこかこそばゆいような感覚を覚えた。

チェックを終え、携帯電話を手にした。

キャップである岡部は、サブキャップである花村の電話には必ず出る。「先輩。鑑識課長が、先輩が会社を辞めること、心配してましたよ」。取材報告のついでにもう一度そう言って、鑑識課長をダシに本人に退職の理由を聞いてみようとも考えたが、花村はやめた。岡部が普段からうそやごまかしを嫌い、一度でも自分で言った発言を翻《ひるがえ》すことをしない性格だと知っていたからだが、それ以上に、面と向かわずにこんな早朝から電話で話すことでもない気がしたからだった。

花村は岡部への取材報告をメールで入れると、完成した原稿をプリントアウトして丸山《まるやま》社会部長の席に提出した。

——この人じゃあ、何も知るわけがねえよな。

花村は、机の上に卓上加湿器と湯呑《ゆの》み、家族写真の写真立てだけがあり、何の資料もなく〝記者生活感〟のない社会部長席を見て思った。ひじ掛け付きの立派ないすには、ご丁寧に座布団も敷いてあった。

丸山社会部長は、社会部経験もなく仕事もできない、消去法で選ばれたお飾り部長だった。だから、現場だけでなく管理職業務までもこなさなければならなかった岡部は、きのうの朝、直属の上司である社会部長を飛び越して、編集局長に辞表を出した。それは、花村から見ても当然のことのように思えた。

ふと、会社を去ることを決めた岡部の机に目をやった。

脚が曲がりひき出しすらなくなっている机、ひじ掛けすらない、油が枯《か》れ座ればギシギシ鳴る事務いす。机の上には裁判関係の資料や県警の過去の報道発表文が山と積まれていた。これらはすべて岡部のものではなく社会部のもので、岡部が自席を使わないものだから社会部の物置と化していた。

もちろん、まれに岡部がこの机で記事を執筆することはある。書類の山のわずかな隙《すき》にノートパソコン一台を置けるスペースを作り、そこでササっと記事を書く。時間はものの五分とかからず、すぐに次の現場へと飛び出して行く。机やいすについては岡部が異動してきたとき、迎える側の花村は、新しいものを用意する予定だった。だが岡部は、「自席なんかなくても、紙とペンさえありゃあ記者は務まる。それに、自席に根を張るキャップがどこにいる」と言って断った。

実際、岡部は朝から夜中まで取材先を駆け回って車の中や記者クラブ、警察署のロビーなどで原稿を執筆し、ネット経由で本社に原稿を送ったから、編集局内のこの席に座ることはほとんどなかった。花村たち部下への取材指示もすべて携帯電話で行った。

だから、岡部の席はあちこちに埃《ほこり》が積もり、〝記者生活感〟がないどころか本物の〝生活感〟すらない、廃墟《はいきょ》としか言いようのない席に仕上がっていた。

片や花村の席はどうか。刑法や刑事訴訟法、民法、警察法や警職法、国語辞典や記事の書き方マニュアル、直近の新聞記事をまとめたスクラップブックなどが整然と並んでいた。パソコンの電源ケーブルやLAN接続ケーブル、携帯電話の充電ケーブル、プリンター接続ケーブル、デジタルカメラ本体やフラッシュ、ICレコーダーなどの充電器、録音した音声データのテープ起こし用のイヤホンとケーブルだらけで、見るからに記者の生活感であふれている。カギの掛かるひき出しの中には、岡部から預かった歴代の県警幹部宅の住所を記載した房州新聞社会部の宝、〝ヤサ帳〟もあった。社会部何代にもわたって使い続け、幹部の特徴を書き加えたり詳細な地図を貼り付けたりしているアナログのノートで、データ化して部員で共有しないのが県警に対する仁義であり伝統だった。これがなければ、記者は夜討ち朝駆けなどできない。岡部は自席は使わないがこれだけはたまに見に来て、新しい取材先を回ったり、新しい幹部宅の情報を書き加えたりしていた。

〈紙とペンさえありゃあ記者は務まる〉

花村は岡部の言葉を頭に浮かべながら、自分の席と物置と化した岡部の席を見比べた。

――まさに〝裸一貫〟か。〝記者らしい〟のはどう見てもおれの方だよな。しかしあの人、剣も鎧《よろい》もなしで、何であんなに働けたんだ？　あの人がやってたことって、教わってできるもんなんかな。

花村は岡部に憧れてはいたが、岡部のやり方を真似《まね》ようとは思えなかった。間違いのない確実な〝完全原稿〟を出稿するためには、電子機器を駆使する自分のやり方の方が正しいはずだと確信していた。岡部は電子機器のない昭和の時代なら、間違いなく優秀な記者だ。令和の今、そんな記者はいない。裁判で記者の取材メモに証拠能力があると認められた判例があるといっても、音声データや写真、動画に勝る証拠はない。

花村は、真似すべきは裸一貫ではなく、岡部の取材能力だと考えていた。本質や本筋を見抜く力。どんな事件でも一瞬で本質を見抜き、そこを簡潔に質問する。原稿の執筆でも本筋を外さず、読者にわかりやすく事実を伝える。一つの事件に掛ける時間を短縮させればすぐに次の事件に移行できるのだから、処理能力の拡大にもつながる。

――まさか、時代についていけなくなったってことはないか？　何かの事件でネタが獲れないことがあって、自分のことを時代遅れの新聞記者だなんて感じた。紙とペンだけに限界を感じたから、記者を辞めようって考えたんじゃ……？

考えたところで、答えなど出るはずがなかった。

――朝メシでも食ったら、仕方ねえ、嶋さんとこ行くか……。

花村は嶋に一本電話を入れようと、ポケットから携帯電話を取り出したが、すぐに戻した。通信部の記者は昼から動き出すというのは、よく知られた話だった。こんな午前中の早い時間に電話をしたら、怒られるに決まっている。

――ああもう。電話もかけづらい新キャップなんて、勘弁してくれよ。

花村は電話を閉じると、面倒な〝未来の上司〟への文句をブツブツと垂《た》れながら編集局の階段を駆け降りた。


県南の川名通信部までは、愛車の中古のシトロエンで二時間以上かかった。取材ではなく交通費の請求ができないから、高速道路も電車も使えないというのがキツい。県警幹部宅を夜討ち朝駆けする社会部記者だからガソリン代だけは会社から支給されるので、これしか方法がなかった。

「いくらなんでも遠すぎだろ、これ……」

花村は、川名通信部近くのコンビニに立ち寄り、缶コーヒーと一番安い六百円の菓子詰め合わせを買った。手ぶらで行けばまた嶋が怒り始めるからだ。これも自腹なのが痛い。

スマートフォンの時計はすでに昼前を指していた。近くの店で落ち合って昼食を摂るにはちょうどいい時間だ。駐車場からは、川名通信部の入る木造二階建てアパートが見えた。嶋の部屋の電気は点いていた。通信部と言っても警察の駐在所と同じで住み込みだ。どうやら嶋は起きているようだ。

「電話すっか……」

花村はたばこに火を点けると、渋々、登録された電話帳から『川名通信部』を表示させた。尊敬できない先輩の登録名など、部署名だけで十分だ。表示をタップすると、ワンコールで嶋が出た。

〈おう、花村、どうした？〉

電話をかけた花村が話すより先に、嶋が用件を聞いてきた。

「あ、先輩、お久しぶりです。今、近くにいますので、お昼でもご一緒にいかがかと……」

花村は精一杯丁寧に答えた。

〈近くに来てる？　それでおれにあいさつに来たか。花村もわかってるじゃないか〉

嶋の機嫌は良さそうだ。

「近くにどこか良い店、ご存知ですか？」

少し考えた嶋は、

〈じゃあそこ。駅前の風来坊《ふうらいぼう》にしよう。二時に来い。おれ今、取材で忙しいんだけど、二時には戻れるから。おれの名前出せば入れるようにしておく〉

――二時間半後？　「今、取材」って、今、部屋にいるじゃねえか。忙しくもねえくせに、見栄張るなよ、コイツ。

花村は瞬時に嶋のうそを見抜いたが、ここは大人しく、

「二時に駅前の風来坊、了解しました」

と言って電話を切った。

ここ一週間、嶋が書いた記事など紙面で見たことがない。人口が少ないから事件や事故も起こらなければ、市町などの行政にも動きがないのが川名通信部の管内だ。そんな部署に優秀な記者を配置する会社的メリットなどあるはずがない。だから、房州新聞では川名通信部をいわゆる左遷先、面倒な記者を塩漬けにしておく部署とみなしているというのは、花村ぐらいの中堅になれば誰でも知っているうわさだった。

そもそも嶋は部長適齢期だというのに、次が部長を断り続けている岡部キャップの後任。しかも昇格もなしだ。周りから見れば嶋が厄介者で無能な記者だということは一目瞭然《りょうぜん》なのに、本人だけがそれに気づかない。それどころか、まだ「取材に出ていて忙しい」などと見栄を張っている。要約すれば、後輩の花村に対して「自分は優秀な記者だから知り合いも多く、突然電話されても取材が山積していて忙しい」と言いたいのだろう。目の前の通信部にいるのがバレているというのに。

「こんなとこに何年も塩漬けにされてても、人って変わらねえんだな……」

見ると、嶋は風呂にでも入ったのだろう、アパートの換気扇から湯気が立ちのぼった。

仕方なく県道沿いのファミリーレストランに行き時間をつぶしていると、ランチタイムだけあってすぐに店内が混み始めた。花村は追い出されるように店を出ると、車で市内をぐるっと回って時間をつぶし、嶋が指定した時間より三十分も早く川名駅前に到着した。ロータリーを一周すると、目の前に目当ての風来坊があった。

「何だここ、焼肉屋か？　海の街なのに海鮮じゃねえのかよ」

車を寄せると、駅前だけあって駐車場がどこにもなかった。

「アイツ、こっちが車だってわかってるだろうに、何で駐車場のねえロータリー沿いなんだよ」

ロータリーを回りながら、花村の愚痴は止まらなかった。やっとのことで見つけたコインパーキングに車を入れた。

「マジか……。またカネかかるじゃねえかよ」

不満たらたらで店に入ると、若い女性店員が、

「ランチ二時半までですが大丈夫ですか？」

と聞いてきた。花村は嶋に自分の名前を出せと言われていた。常連だから話が早いのでこの店を指定したのだろうと勝手に思っていたので、

「あ、この後、二時に嶋が来るんですが」

と返すと、女性店員は少し考えた後で、レジの横の壁に貼ってあったメモを見ながら、

「あ、はい。嶋さまのお連れさまでございますね。二時にご予約いただいております」

と言い、花村を奥の個室に案内した。

――何だよアイツ、いかにも常連面《づら》して言いやがって、ただの一見《いちげん》の予約じゃねえか。しかもランチ二時半までって、そんなとこ予約すんなよ……。

しかしもう、来てしまったら仕方がない。花村は愚痴を言いながらもスマホで昼のニュースをチェックしながら、嶋の到着を待った。

二時を五分ほど過ぎると、やっと嶋が現れた。

「おう、待たせたな」

個室に入ってきた嶋は、通信部の記者とは思えない、スーツにネクタイ、ベストの三点セットをビシッとキメていた。川名通信部に異動する六年前に花村が見たときと同じ格好だった。田舎記者には田舎記者なりの格好がある。田植えの取材なら田んぼに入って写真を撮るし、海開きなら砂浜に入って観光客の話を聞く。だから、取材相手に失礼にならないよう、最低限の襟《えり》付きのシャツ、汚れてもいいヨレヨレのジャケット、チノパンあたりが基本となる。スリーピースにネクタイでキメた男が田んぼにいれば異様な光景になってしまうし、遊園地の取材でもこの姿で

は遊園地の雰囲気を壊してしまうからだ。そもそも花村はきょう、この漁師町でただの一人も、スーツ姿の人間を見かけていない。ならば、この嶋の格好は、この街にもそぐわないということだ。

——コイツ、こんな田舎に飛ばされてもまだ、本社付けの優秀な記者みたいな顔でいやがる。

花村は失笑しそうになったが何とかこらえ、

「あ、ご無沙汰《ぶさた》しております」

とだけ言って、軽く頭を下げた。そしてまず、嶋がどうやって来たのかが気になったので、

「先輩、車は？」

と聞いてみた。

「車はいつもの市役所の川名支所だ」

嶋が、川名駅を使うときはいつも使っているという口ぶりで言った。

「支所？　そこ、報道用の駐車場なんてあったんすか？」

「報道用？　ねえよ、そんなもん」

「じゃあそこ、勝手に停めちゃまずいじゃないっすか」

「まずくねえよ。こっちは川名のために報道してやってんだ。記者に駐車場提供するぐらい、当たり前だろう」

嶋がジャケットを着たまま花村の向かいに座ったので、花村は先刻買ってきたコンビニの菓子をスッと差し出すと、嶋は「おう、悪いね」とだけ言って、当然のようにそれを自分のカバンにしまい込んだ。

時間が三十分しかなかったので、花村はすぐに本題に入ろうとしたが、先刻の女性店員がやって来て水を置き、注文を取り始めた。

「じゃあ、いつもの二人前で」

嶋が言うと、女性店員が、

「いつもの……、と言いますと」

と首をかしげた。明らかに伝わっていない。花村は、間違いなく嶋はこの店の常連でもなんでもないのに常連面しているとわかったが、嶋はすぐに、

「君、新人? まったく。いつものったらいつものだよ、ランチのA。まったく使えねえな」

と、一重まぶたの糸のような目でにらみ、何の非もないはずの女性店員をけなした。花村は気を悪くしたであろう女性店員が厨房に帰るすきに水を一気飲みし、おかわりをもらうふりをして、個室の外に出て女性店員を呼び止めた。そして嶋に聞こえないよう「ごめんね」とささやいた後、「新人じゃないっすよね?」とこっそりと聞いた。女性店員がそっとうなずいたので、花村は再び、「見栄っ張りのバカなんだ」とささやくと、女性店員は機嫌を直してくれたのか、クスッと笑っ

てくれた。

花村はすぐに戻って嶋の方へと向き直ると、

「ランチのAってここ、有名なんすか？」

と、わざと皮肉まじりに聞いた。嶋が来る前にメニューを見ていたので、ただのカルビ一・五人前にスープとライスが付いた、五百円という格安が売りのランチだと知っていた。だが嶋は、

「お前、この店来たら、A食わないヤツは〝もぐり〟だよ」

と、自信たっぷりに答えた。

食事が運ばれて来るまでの間、嶋は一方的に話した。

「川名市長がバカでさあ。この前なんか、議会で『ご審議たま〝ま〟りますよう』なんて噛《か》んでやんの。おれ、そのまま書いてやろうと思ったよ」、「川名署長も酷いよな、検挙件数低すぎて。あんなダメなら、おれがやった方がよっぽど川名のためになるって」

嶋の話は他人の悪口ばかりだった。他人をおとしめて自己満足を得る典型的な人間。人を人と思わない人間。花村は、聞いているだけでどんどん気分が悪くなってきた。そのうちに、嶋の悪口は社内に向き出した。すると先刻の女性店員が次々と食事を運んで来たので、嶋の編集局長への悪口はたびたび中断した。すべての食事を運び終えると、女性店員が、

「ランチがラストオーダーになりますが、ほかにご注文はございますか」

と言った。まだ何も食べていないのでラストオーダーもクソもないが、嶋はまた、

「じゃあ、いつものアイス二つ」

と注文した。すると、女性店員が、

「アイスはランチに付いておりますが……」

とすかさず返し、テーブルの上を手で示した。見ると、確かにランチのアイスがすでに置いてあった。普段なら食事が終わった頃に持ってくるのだろうが、もう時間が迫っていたので、店で気を利かせて一緒に出してくれたのだろう。だが嶋はそれにも噛み付いた。

「お前、アイスは普通、食後だろう！　肉焼いてる間に、全部溶けちまうじゃねえか！」

こんなことをしていては、肉を焼いている時間も本題を話す時間もなくなってしまう。花村は慌てて、

「先輩、すいません。もう二時半になっちゃうから、私が一緒に出してくれって頼んだんです」

とうそを言って、困惑する女性店員にそっと謝って個室を退かせた。嶋はまだブツブツ文句を垂れていたが、時間がないと聞いたからか、座り直して肉を焼き始めた。

肉を焼いてはひっくり返し、ご飯をかき込んでは肉を焼き、スープに手を出してはアイスで口を冷やしていると、あっという間に二時半になり、常連でもない二人はあっさりと店を追い出された。花村が心配した通り、この店で本題は一つも聞けなかった。会計は二人合わせて千円だっ

たがしっかり割り勘にされた上、嶋は自分だけ百円引きクーポンを使っていた。

「先輩、先刻の店でお話しできなかったので、小一時間だけお茶、行きませんか」

花村は店を出ると、言葉を選んで丁寧に聞いた。もしかしたら嶋は、話があってわざわざ来たということをまったく察しておらず、本当に取材で近くに来たから、尊敬する自分にあいさつに来ただけなのだとでも勘違いしている可能性の方が高いと思った。

「小一時間か……」

案の定、嶋は腕時計をにらみながら渋り、さも忙しそうに見せた。

「先輩もお忙しいでしょうから、三十分でもいいんですが」

花村が精一杯気を遣うと、嶋は、

「じゃあ、そこのファミレスでいいか？　あそこのコーヒー、安いけど〝飲める〟んだ」

と、花村が先刻行ったばかりのファミレスの名前を挙げた。〝飲める〟。チェーン店のコーヒーなど自分の舌には合わないが、最低限飲むことは可能だという意味なのだろう。花村は言葉の端々でイラッとしたが、このままコインパーキングの料金がかさんでいくのもバカらしかったので、

「じゃ、そこのファミレスで」

と言って、自分の車を停めてあるコインパーキングへと急いだ。嶋を乗せて自分の車一台で行

けば、帰りにもう一度嶋を川名支所まで送らなければならなくなる。用件があるのは自分だが、そんなのは御免だ。嶋と話していてもイライラがたまるだけだし、用件が済んだらさっさと本社に帰りたい。トップ記事は出稿してきたとはいえ、それこそ自分の方が細かい発生記事や裁判所の期日簿のチェック、夕方の地検回りなど仕事は山積しているのだ。

急いで料金を払ってコインパーキングを出た花村は、嶋より先に、同じファミレスにこの日二度目の入店をした。先刻と同じ店員に、先刻と同じ四人席に案内された。店内はすでにランチも終わって空いていて、主婦のグループが数組いる程度だった。

花村はドリンクバーを二人分頼み、急いでコーヒーを二杯作って席に戻ると、程なくして嶋が現れた。

「先輩、コーヒーでよろしかったんですよね」

テーブルのコーヒーを見た嶋は一瞬で顔を曇《くも》らせ、

「これ、ドリンクバーじゃねえか。おれはプレミアムローストしか飲まねえんだよ」

と文句を言った。

「プ、プレミアムでしたか。申し訳ありません、すぐ取り替えます」

花村は慌てて謝罪したが、嶋は意外にも、

「いい、いい。これで我慢する」

と、あっさりと花村を許した。先刻来店したばかりのファミレスだというのに、そんなメニューがあるなど知らなかった花村は、それを知る嶋がこのファミレスの明らかな常連だと気づき、一瞬でこれがこの男の手口なのだと理解した。後輩が気を利かせて用意したのだから、先輩なら「おう、気が利くな」と言って飲めばいい。紅茶だのオレンジジュースだのと間違えたわけではない。同じコーヒーなんだから飲めないはずがないし、それぐらい先輩の度量ってものだ。よっぽどプレミアムが飲みたいのであれば、二杯目を自分で注文すればいい。だが嶋はそれをせず、必ず相手に文句を言って自分の立場を一段上げようとする。実力がないのにプライドだけが高い人間の典型だった。

「申し訳ありませんでした……」

花村が精一杯心を込めずに謝罪すると、一瞬だけ間が空いた。嶋が息を吸い込んだのがわかった。このままだとまた説教が始まる。先輩が好きなコーヒーを事前に調べていないだの、メニューのチェックが甘いだの、きっと難癖としか言いようのない説教だろう。そんなことをされてはまた本題に入れなくなる。花村はあらためて軽く頭を下げ、頭を上げると同時に「それでですね」と、強気に話を始めた。

「それでですね、きょう私が来たのは、うちのキャップの件です」

「岡部か。アイツ、辞表出したんだって?」

嶋はプレミアムではないコーヒーのカップに口をつけながら言った。ひと口すると、やはりわかりやすく「まずっ」と言って顔をしかめたが、花村は無視した。

「それがキャップ、退職理由を『一身上の都合』としか言わないんですよ。同期の嶋先輩ならきっと、キャップから何か理由を聞いているんじゃないかと思いまして」

花村は直球勝負でアタリをつけ、嶋の顔色をうかがった。これまで何人もの警察幹部と渡り合い、アタリをつけては真偽を確かめてきた記者の目には自信があった。

「辞表出したのって、きのうだっけ?」

嶋がコーヒーカップを持ちながら首を左に曲げ、虚空を見つめた。『同期』という単語に反応しなかった。花村は「ええ」とだけ答え、次の反応を待った。

「アイツもバカだよな。辞めなけりゃあ、そろそろ部長だろうに」

正面に向き直って言った嶋の目が少し泳いだ。理由を答えないどころか話を逸《そ》らした。花村は、この男は何も知らないのだと即断した。同期であれば事前に電話で相談ぐらい受けているだろうと思ったが、それはなかった。岡部と嶋は同じ部署で働いたことはないし、本社では二人がよく酒を呑みに行くという話も聞いたことがない。嶋が本社に送ってくる間違いだらけの原稿を岡部が文句一つ言わずにいつも直しているのを見たことがあるから、岡部から嶋に仕事上のアドバイスを求めることはないだろう。これだけプライドが高い嶋なのだから、その逆もあり得ない。

カネもかかっているし、この川名行を無駄にしたくない。花村はあえて、

「嶋さんもそろそろ部長じゃないっすか」

と持ち上げてみた。嶋はやはり、

「ははは。そうだな」

と満足そうに笑った。

「その、会社のことなら何でも知ってる嶋さんなら、キャップが辞める理由、何かわかるんじゃないかと思いまして」

本人から聞いているのではなく、推測すればわかるんじゃないかという聞き方に変えてみた。

すると嶋は少し考えてから、

「そういえばアイツ、結婚式の主賓《しゅひん》、人間国宝だったな」

と言った。

「人間国宝？」

「ああ、お前はまだ入社する前だから知らねえか。アイツ、結婚式に横山照界《よこやましょうかい》って書道の大家《たいか》を呼んだんだ」

「書道ですか」

「そんな大家を主賓に招くぐらいだから、よっぽど関係が深かったんだろ？　アイツ、文化部に

もいたことがあったからな」

「と言うと……」

「だから、会社辞めて、その大先生に弟子入りするとか」

――結婚式に人間国宝？　あの記者の見本のようなキャップが書道で弟子入り……？

まったく初めて聞く話だったが、花村は嶋のあまりにも荒唐無稽《こうとうむけい》な推測にあきれた。

確かに岡部には、芸術家だけが持つ独特の雰囲気のようなものは感じられた。犯罪被害者たちが開いた書道展の展観記を記事にしたときも、よくぞここまで調べたというほどしっかり書かれていて、さすがキャップだと思ったこともあった。だが、それならそれで、会社に言えないほどの理由なのか。それにしても、記者と書道家など、あまりにイメージが違いすぎる。そんなことはあり得ないだろう。それでも、少なくとも岡部の結婚式の主賓の名前がわかった。結婚式の主賓なら毎年あいさつぐらいは行っているかもしれないし、もしかしたら会社を辞める相談を事前にしているかもしれない。

「なるほど……。さすが嶋さんっすね。そういう見方もあったとは」

花村は、本心では、「同期のくせに、本人とやり取りもしていねえのかよ、この役立たずめ」といつまでもどうでもよさそうな情報ばかりでキレかかったが、最低限、次に話を聞きに行くべき相手を知ることができたので、最低限、嶋を持ち上げた。

「ははは。そりゃあ同期だし、付き合い長いからな」

嶋が上機嫌に笑った。

もう嶋に用はない。岡部が辞めたら、次のキャップは嶋だなどと教えてやる義理もないし、新しい役職が部長じゃないと聞けば、嶋はこの場で必ず怒り出すだろう。そうなればそれこそ面倒だ。約束の三十分が経とうとしていたので、花村は、

「じゃあ、そろそろ時間ですね。先輩、きょう〝も〟お忙しいんでしょう？　すいませんね、本当、お付き合いいただいちゃいまして。ありがとうございました」

と、丁寧にあいさつをして一緒にレジに向かった。上機嫌の嶋は花村からレシートを奪い取ると、二人分を払ってくれた。

「ごちそうさまでした」

と花村が頭を下げると、レジに表示された金額は一人分の百八十円だった。嶋はドリンクバー無料券を一枚出していた。

――しかし人間国宝って、おれなんかが行って、そんな簡単に会えるのか？

本社に戻る車内で、花村はどうすれば人間国宝の横山照界に会えるのかと頭をめぐらせたが、何一つ手段が思い浮かばなかった。

3　取材規制と謎の絵

花村は、川名から本社ではなく県警記者クラブに戻った。もしも岡部がいれば、何か聞けるかもしれないと考えた。岡部はいつも県内のあちこちを飛び回っていて、県警に発表事案がなければほとんど記者クラブに寄り付かなかったが、本社よりも県警発表を早く受け取れる記者クラブにいる確率は、本社よりわずかに高い。

机が三台並んだ房州新聞ブースに入ると、一番奥のキャップ席にはやはり、岡部の姿はなかった。

花村は真ん中のサブキャップ席に腰を下ろすと、深くため息をついた。

人間国宝の横山照界に会いに行くのであれば、トップ記事を出稿したきょうがいい。あすはあすでどんな事件が起こるかわからないし、どこを飛び回っているかもわからない岡部キャップのあす以降の出稿予定もわかるはずがない。だが、人間国宝といえば、文字通り国の宝だ。そんな立派な人に向かって、きょうのきょうで会ってくださいなどとお願いする勇気はない。そんなことを考えていると、時間はどんどんと過ぎていった。

花村はどうしようか悩みながらも、開いたノートパソコンで『横山照界』を検索してみた。受賞（章）歴は内閣総理大臣賞やら旭日中綬章やら、経歴は何カ所もの大学の特任教授やら書道協会長、書道美術館顧問やらと数えきれないほど出てきて、書を知らない花村でもその人物の凄さが伝わってきた。

「キャップ、何でこんな凄い人と知り合いなんだよ……」

花村は頭を抱えた。これまでなんとなく、人間国宝は芸能事務所のようなところに所属していて、そこにさえ連絡すればアポイントが取れるようなイメージを持っていたが、それはまったく違った。

日本が誇る宝というべき技術を持った人物なのだから、当然、芸能事務所のようなところに入って、対外的にそれをアピールしてもらう必要がない。事務所になど入らなくても、仕事は世界中から無数に舞い込んで来る。お弟子さんもの凄い人数がいるから、外界との煩雑《はんざつ》なやり取りも、そうしたお弟子さんたちがこなす。そうして、人間国宝は自身の創作に集中する。そうしながらも、後進にはしっかりと技術を伝承していく。自分の作品を高く売ろう、カネをもうけようなどと考えているのではない。目指すところは人類の文化向上。俗な芸術家とは格がまったく違っていた。

パソコン上に表示された数々のページに横山照界の連絡先が載っているはずはなく、そこにあった房州新聞の十二年前の記事を見ても、写真の撮影場所が都内のスタジオとなっていて、どこに住んでいるのかすらわからなかった。

――うちの新聞に載ってるってことは、県内在住の作家で間違いないと思うんだけど。この記事、一体、誰が書いたんだ？

文末を見ると、『文化部・岡部壮二』と署名があった。

――キャップ、本当に文化部にいたんだ……。

花村が入社したのは十年前だから、それ以前の文化部時代の岡部は知らなかった。だから、岡部が文化部にいたという話はうわさでは聞いていたが、百戦錬磨の県警幹部たちと切った張ったを繰り返す今の岡部を知っている花村からは、のんびりした文化部の記者だった姿などまったく想像もつかず、今でも半信半疑なところがあった。

記事は、横山照界が人間国宝に選ばれたときの特集記事で、百五十行以上ある大作だった。文化部記者、岡部が都内のスタジオでインタビューし執筆したもので、写真説明を見ると、写真を撮影したのも岡部となっていた。

花村は、記事を読むより先に、撮影した横山照界の写真を見て驚きとともに感銘《かんめい》を受けた。その写真は、事件や事故の記録を残す社会部のものとは明らかに違っていた。しわだらけの横山老人の顔は厳格でありながら、書の大家として大成した喜びもにじみ出ていて、そのしわ一本一本からは、これまでに何度も何度も書の新しい手法を生み出すことに挑戦し続けた、書家としての努力と苦悩が刻み込まれているように感じられた。記事を読まなくてもわかる。写真だけを見れば、しかるべきときに、しかるべき人物が、しかるべき評価を受けたのだと感じ取れた。花村は今まで、他社も含めてどんな記事を見ても、こんな風に感じたことはなかった。

——キャップの写真、凄いな……。

記事を読んでみると、やはり決まりきった社会部の定型記事などとはまったく違っていた。わかりやすく読みやすく、それでいてまったく誇張せず、詳細に、丁寧に、横山の書歴や書にかける想いを紹介していた。百五十行というのは、新聞では大作だ。専門紙や業界紙ではない一般紙だから、読者は書を知らない人が大半なので、そういう読者に百五十行を飽《あ》きさせずに読ませることは難しい。大作を何とか書き上げようとすると、どうしても記者のマスターベーションのような無駄な行というのが出てきてしまうものだが、岡部の記事にはそれがなかった。一行一行、丁寧に取材したことを詰め込み、文章の流れもスムーズで、読者に飽きさせないよう、そこここに工夫が見られた。

花村はあっという間に記事を読み終えた。

——こんなに書ける人が、本当に辞めちゃうのかよ。

その筆力に圧倒された花村は、ふと、隣の岡部の机に目をやった。

記者クラブとはいえさすがに本社ではなく外部だから、机の上は本社と違ってまったくきれいなもので、電話機とファクス、パソコン用の電源コード、卓上カレンダーがあるぐらいで、いずれも会社の備品といった公的なものばかりだった。だが、正面の壁にたった一枚、絵葉書が画びょうで貼り付けてあった。この席の使用者の私物と思えるようなものは、これしかなかった。

――こんなもの、あったかな……。

花村は近づいて絵葉書を見た。

小高い山の上から望む雄大な大自然のパノラマ。悠然《ゆうぜん》と流れる大河の周辺は田園か牧草地か。遠くかすむ山の上には城砦《じょうさい》のようなものがある。中世ヨーロッパの油絵だろうか。壮麗な自然の風景画かと思ったが、画家がそこから描いたのであれば同じ山、画面の中央に木の柱が二本、いびつに立てられていて、その上に渡された木にカラスのような黒い鳥がとまっている。その下では、何人かの村人だか農民だかが、列をなして踊っていた。

絵葉書をめくって宛名書きがある面を見たが、そこに文字はなく、郵便に使用されたものではなかった。

――未使用ってことは、純粋に絵を飾ってたってことか。これって、首吊り台か？　きれいな絵だけど、なんか不気味だな。どういう意味だろう。キャップ、こういう絵が好きなのかな……。

そう思った途端だった。

「習志野の女子大生殺し！　二時間後に会見！」

県警の広報官がバタバタと記者クラブに走って来て叫ぶと、駆け寄って来た記者たちにペーパーを配り始めた。

花村も走っていってペーパーを受け取ると、表題に〈女子大生殺害事件被疑者の逮捕についてと記載されていた。女子大生殺しの犯人を逮捕したから会見で発表する。つまり、あすの紙面は犯人逮捕のニュースで埋まる。今朝花村が出稿した凶器発見の特ダネは、あっさりとボツになったということだ。犯人がいまだ逃走中だからこそ、現場から離れた公園で凶器が見つかったことがニュースになる。犯人が逮捕されてしまっては、凶器などどこで見つかろうがニュースにならない。

花村は大慌てで岡部の携帯電話を鳴らした。岡部はいつも通り、ワンコールで出た。

「キャップ！　女子大生殺し、二時間後に逮捕で会見です！」

〈おう。おれも先刻聞いて、任同《ニンドウ》は押さえた〉

――被疑者の任意同行の写真を押さえた？　今発表があったばかりなのに？　どういうことだ……？

花村は一瞬、岡部が何を言っているのか理解できなかったが、岡部は構わず、

〈ここの署長、きょうそっち行ってるから、会見は本部だろ？　二時間後じゃうちの締め切り的にキツいな。よし、会見はおれが出て書く。きょうは確か、深山《みやま》いたよな？　深山に現場周辺を洗わせる。花村はすぐ、深山に習志野南署で待機するよう指示してくれ〉

——キャップは今、習志野南署にいるのか……。

「じゃあ、私は？」

〈花村はおれと一緒に会見だ。ペーパーもらわないと被疑者の住所がわかんねえんだから、会見始まったらすぐにペーパー持って会見場を出て、深山に連絡してやってくれ〉

「わかりました……」

取材もしない、原稿も書かない、単なる連絡係。これほどの大きな事件で大した仕事がもらえず、花村は声を落として返事をした。

すると、それを察したのか、岡部が、

〈きょうの鑑識課長の特ダネ、残念だったな〉

と気遣った。

「そうっすね……」

〈だがな、あのネタは結局、ボツが決まってたんだ〉

岡部が、またもにわかには理解できないことを言った。

「あのネタが？　まさか」

〈ああ。例の殺された女子大生。あれ、実はうちの新聞販売店の社長の娘だったんだ〉

「社長の娘？」

驚きのあまり、花村は思わず声をあげそうになった。県警は被害者の氏名を公表していなかったから、すべてのマスコミが女子大生を匿名としていた。

〈バカ。そこクラブだろう。他社に聞かれる、声落とせ〉

「あ、すいません」

〈それで先刻、おれんとこに直接電話があったんだ。社長から〉

「社長って、被害者の父親からですか？」

〈違う、弊社だ。実は、販売店の社長がウチの社長と昵懇《じっこん》でな。社長が販売店の社長に言われたんだとよ。もうあの事件は報道するなと〉

「そんな……。そんなこと、許されるはずないじゃないですか」

〈ああ。おれも社長にはそう言った。だがな、社長が言うには、被害者の父親が報道するなと言っているんだから、要望には応えなきゃならんのだとよ。ふざけやがって〉

「要望ったって……。どうせ販売店の社長の本心は、娘が殺されたと連日報道されたんじゃ世間体が悪いからとか、どうせそんなくだらない理由でしょう」

〈その通りだ。だからおれも社長とぶつかった。凶悪な殺人事件である以上、われわれには報道する責務があるとな。だが無駄だった。何とか逮捕とか送検、起訴なんかの節目だけは報道せざるを得ないってことになったんだが、やはり節目以外の続報は許さんとの一点張りだった〉

「せざるを得ないって……。あのバカ社長、報道を何だと思ってるんですか」

花村は、特ダネがボツになったことよりも、社長からの身勝手な報道規制に腹を立てた。

〈実際、県警がいくら匿名で発表してても、地元じゃもう、うわさレベルを超越して特定レベルに至ってるんだ。その辺のおばちゃんだって、被害者が販売店の娘だって知ってるんだ。そうなったらおれたちも、遺族の悲しみってのを考えなきゃならん〉

「ですが、それでもやっぱり、社長が報道規制してくるなんて、許せませんよ……」

〈仕方ない、そういう会社だ〉

「そういう会社だって……」

〈販売店が配ってくれなきゃ、おれたちがいくら記事書いたって、読者の目には届かねえんだからな〉

「そういう問題ですか?」

〈まあ、また次があるよ。ちょっと急ごう。今は本件だ。今回ばかりは締め切りまでに時間がなさすぎる。だから、本記はおれが書く。白紙の紙面を読者に配るわけにはいかないんだ〉

「それはわかりますが……」

〈深山の地取《じど》りだって何人取れるかわからんし、しかも〝吹き込み〟になる。花村、〝受け〟はやったことないだろう?〉

岡部は、二年生の深山が犯人宅周辺の地元住民に聞き込みをして、犯人の人となりを探った後、その内容を記事として送信するのではなく電話で直接岡部に〝吹き込む〟ことになると説明した。受け役の岡部がそれを聞いて原稿に直接盛り込むから、深山は原稿を書かなくていい分、取材に時間を割けるようになる。

「はい」

〈花村はおれの横にいて、手伝いながらおれのやり方を覚えてくれ。いいな?〉

「……はい、わかりました」

――おれのやり方を覚えてくれ、か……。

花村は電話を切ると、岡部の指示の内容よりも、いよいよ岡部は本当に会社を去る気なんだと実感し、複雑な気持ちになった。社長からの報道規制には上司として戦ってくれたようだが、それもう、会社を辞めることが決まっているからできたことなのかもしれない。だがしかし、岡部は県警の発表前に犯人が逮捕されることを突き止め、犯人が習志野南署に任意同行される姿をすでに写真で押さえていた。続報の掲載はできなくなったとしても、きょうの逮捕記事は犯人の写真入りで、他社の追随を許さない立派な紙面を作れるだろう。その上岡部は、被害者の地元がすでに女子大生を販売店の社長の娘だと特定していることも知っていた。花村は岡部の取材力に驚愕《きょうがく》し、とても自分には真似できないと絶望的な気持ちになった。

会見開始時間ギリギリに習志野南署から県警本部に駆け付けた岡部は、多少の疲れの色は見えたものの、花村には普段と変わらない爽やかな表情に見えた。

岡部は花村に自分のデジタルカメラを渡すと、記者会見の冒頭の写真をそのカメラで撮って会見場を出て、岡部が撮影した任意同行の写真と一緒に本社に送信すること、その前に深山に犯人宅の住所を教え、周辺で犯人の人となりを取材させるよう指示した。

記者会見が始まり、花村は岡部の指示通りに動いた。五分ほどで指示された仕事を終え、急いで会見場に戻り、もといた席に座った。慢性的に人員不足の房州新聞社会部で、一つの会見に記者二人を出すことはまずない。花村は、おそらくこの会見が岡部の取材する姿を見る最後のチャンスだと思った。日ごろから、複数の県警幹部たちに「岡部さんが出席してくれると会見が締まる」と聞かされていた。県警幹部たちに評価される岡部の取材手法とはどういうものなのか。それだけは見ておこうと思った。

集まっていた記者たちは、全員が筆記の手段として持ち込んだパソコンを机の上に開いていた。

「犯行の動機については、何か話していますか」

後方にいた大手紙の一年生記者がパソコン画面を見ながら、捜査一課長に質問した。その瞬間だった。

「否認してる被疑者が動機なんか話すはずねえだろう！」

ノートとペンだけを手に、一年生記者の方に顔を向けて叫んだのは、前の方の席にいた岡部だった。

なるほど、犯人は犯行を否認しているのか。確かに、「やってない」と言っている人間が、どうしてやったのかなどと動機を話すはずがない。岡部はひと言でバカな質問をする一年生記者を黙らせると、逮捕に至った経緯と理由、犯人と被害者との面識の有無を簡潔に質問した。

こうした場合、マスコミの使命として第一義に挙げられるのが、公権力を行使した警察の逮捕が適正だったかどうかを検証することだ。最も簡単なのが逮捕時の犯人の認否。犯人が被疑事実を「自分がやりました」と認めていれば逮捕は適正そのものとなるから、記者はまず、犯人の認否を最優先で確認する。犯人が「やっていない」と言っているのであれば、どういう理由でその犯人を逮捕したのかを詳しく聞かなければならない。それはつまり、どういう理由で逮捕状を請求したかということにつながるから、いくら犯人が否認していても関係なく、県警も答えやすい質問となる。面識についても、面識がなければ通り魔的な犯行の可能性が高まるし、面識があれば怨恨《えんこん》の線が強くなるから、重要な質問と言える。

犯人は否認はしていても、完全黙秘しているのではなく雑談程度には応じているのであれば、面識の有無ぐらいは話すだろうし、「やっていない」と言っているのであれば、「そんな女子大生は知らない、会ったことがない」などと主張するだろう。

県警の回答が終わると、別の大手紙のキャップが、凶器について質問した。まずあり得ないことだが、万一、この会見で凶器の質問が出なければ、房州だけが書けるネタだった。花村が書いた原稿の価値は、この質問で完全になくなった。

今度は、先日異動して来たばかりのテレビ局の記者が、

「被害者が殺害されたときの状況を詳しく教えてください」

と、いきなり話を事件発生時の状況に戻した。

「それは発生の段階で散々説明されてるだろう！」

また岡部が一喝した。県警は事件が発生した日に、すべてのマスコミに捜査本部の立ち上げと事件発生時の状況を詳しく説明していた。テレビ局の記者はそのときはまだ着任していなかったが、会社としては一度説明を受けているのだから、確かに逮捕会見でする質問ではない。会社に戻って自分で調べるべき質問だ。

岡部の一喝で、会場の記者たちがほんの一瞬、質問をためらう時間ができた。間があけば主催者側に会見を打ち切られてしまうこともあるので、別の記者がすぐに、

「被害者の氏名を匿名とした理由を教えてください」

と、その穴を埋めるように質問をした。被害者の実名は発生当時から匿名とされていた。捜査一課長の回答は、発生当時と同じ「性犯罪のおそれがあるため」だった。性被害者の実名は警察も発表せず、マスコミも報道しないのは常識となっている。心身を傷つける性暴力は〝魂の殺人〟と呼ばれる。インターネットがここまで浸透した現在、もし実名を報道してしまえば、その名前は性被害を受けた被害者としてネット上に永遠に残る。死者であれば名誉を傷つけるし、生きていても死ぬまで世間から白い目で見られ続ける。

〈県内に住む二十代の女子大学生〉

これが、県警が事件発生の日もこの日も発表した、被害者の情報のすべてだった。房州新聞販売店の社長の娘などという情報は一切発表されなかった。

「確認ですけど、動機について……」

また別の若い記者が質問した。

「確認するな！　一度相手が話したものを一度で受け止めるのが記者だろうが！」

と、またも岡部の一喝が入った。若い記者もまた黙り、その後は報道各社のキャップ級の記者たちが的確な質問を簡潔にして、三十分で会見が終了した。

なるほど。不必要な質問を排除すれば、記者会見の時間は短くなる。それは、県警側からは報道の自由の疎外と言われかねないからできない。記者側であれば、記者のモラルやマナーといったレベルに留まる。岡部に黙らせられた記者たちは自分の勉強不足を痛感しただろうから、記者たちのレベルの向上にもつながる。花村は、県警の幹部たちが、「岡部さんがいると会見が締まる」と言っていた意味がはっきりと理解できた。

記者クラブに戻った岡部は、会見の内容に自分で取材してきたネタも加え、八十行ほどの原稿をわずか十分程度で書き上げた。業界では『一行一分』と言われる。三十行の原稿であれば三十分以内に、六十行であれば一時間以内に書き上げ、間違いのない〝完全原稿〟として出稿しろということなのだが、それと比べても驚異的なスピードだった。

原稿を書き終えた岡部はひと息つくと、隣に座っていた花村に「悪いけど、コーヒー買ってきてくれ」と頼み、ポケットから千円札を取り出して、「花村の分もな」と言った。記者クラブを出てコーヒーを二缶買い自動販売機コーナーから戻ると、岡部は電話中だった。相手は深山で、「昼間からアパートにいて仕事をしているような感じはなかった」、「ゴミ出しのときに会っても、あいさつをするような人じゃなかった」、「まさかこんな近くに犯人がいたなんて。怖いとしか言いようがありません」……、などと、深山が犯人のアパート周辺で取材した内容を繰り返し繰り返し確認しながら、パソコン上の原稿に書き加えていた。

「花村も全部目を通して校閲してくれ」

岡部が自分のパソコンを花村に見せた。

〈容疑者は容疑を否認している。〉、〈捜査本部は動機の解明を急ぐ。〉、〈被害者との面識はなかった。〉、〈凶器とみられるナイフは、現場から約三・五キロ離れた公園の池で見つかった。〉……。

原稿の前半部分には、会見で出た内容が丁寧に、それでいて事実のみが淡々と盛り込まれていた。

後半に目をやると、先刻深山が取材した近隣住民の声ではなく、犯人が習志野南署に任意同行された際の現場雑観、さらにこの半年の間で、犯人のアパートがある地区周辺で野良猫が何者かに殺されたという通報が五件あったという事実が加えられていた。この情報は、会見では一切出ていなかった。これが入っているだけで、読者の印象は大きく変わる。犯人が容疑を否認し、動機も話さないとだけ書かれた記事であれば、読者には「どうしてこの犯人はこんなことをしたんだ」という疑問だけが残ってしまう。「この犯人は、女子大生に恨みがあったんじゃないのか」と。読者が感じるのと同じように、記者が原稿で安易に〈怨恨か〉などと書いてしまえば、遺族の悲しみを記事で逆撫《さかな》ですることにもなる。「うちの○○ちゃんは他人に恨みを買うような人間じゃない。どうして新聞は死者にむち打つようなことをするのか」と。

だが、関連があるかどうかはわからなくとも、野良猫が周辺で五匹も殺害された事実があるのであれば、読者は「きっとこの犯人の仕業だ。犯人は異常者に違いない」という結論に及ぶ。と同時に、「女子大生殺しは無差別で、女子大生には何の非もなかったんだ。かわいそうに」と考える。実際、殺される人間には殺されるなりの理由があることが多い。どうして事件が起きたのかを報道しようとすれば、自ずと被害者をたたくことになってしまうこともあり得る。

岡部は犯人の動機が書けず、どうせ記事で下手な憶測を呼んでしまうのであれば、被害者をたたくことではなく、被害者や遺族を守ることを考えたのかもしれない。その部分の原稿にはしっかりと、〈県警が関連を調べている。〉とも書かれてあった。県警も野良猫殺害の事実を把握し、犯人の仕業とみて調べているということだ。深山の取材した内容は文末に数行、反映されていた。

「完璧です」

いつも通り、原稿自体は読みやすくわかりやすく、花村はすぐに読み終わって岡部に言った。

「もう読んだのか？　間違いとかなかったか？」

「はい。誤字一つありませんでした」

「よし。じゃあ送っちまって、紙面は締めよう」

岡部はパソコンを自分の席に戻すと送信ボタンを押し、本社で原稿を待つ社会部長に確認の電話を入れて仕事を終えた。時計を見ると、すでに午後十時半を回っていた。壁の薄い記者クラブ内の他社のブースからは、まだカタカタと、忙しそうにパソコンを打つ音が聞こえていた。

「花村。朝から鑑識課長だったから、疲れたろ」

確かに、花村は日の出とともに鑑識課長宅に朝駆けして、本社に戻って原稿を書き、川名の嶋のところまで往復して捜査本部の記者会見。本当に長い一日だった。

「ですが、キャップほどでは。きょうは僕、原稿もろくに書いてませんし」

「別に書くだけが仕事じゃないだろう？　まあいい。きょうはもう、夜回りなんか行かなくていいから、ゆっくり休め。どうせこの事件はもう、続報なんて書けないんだ」

そう言って岡部がコーヒーをひと口飲み、深く息をついた。

「そうですね。しかし社長、頭に来ますね」

花村も真似をしてコーヒーに口をつけ、息を吐《は》いた。

他社に聞かれる可能性のある記者クラブで事件の話をするのは御法度とされていたからだろう、岡部は何も答えなかった。

その岡部がおもむろに、身支度を始めた。

「あれ？　キャップ、お帰りですか？」

「ああ、ちょっとな」

――ちょっと？　クラブで言えないってことは仕事か。まさか、続報も書けないのに、この期に及んでまだ取材に出ようとでも言うんじゃないだろうな？

花村はそう考えたが、体の疲れからあえて岡部に行き先を聞こうという気が起きなかった。その代わりではないが、「お疲れさまでした」と言う前に、仕事ではない簡単そうな話、岡部の席の目の前に貼ってある絵について聞いてみようと思った。

「キャップ。その前に、キャップ席のその絵って何ですか」

「ん？　ああ、これか？　これはブリューゲルだ。気になったか」

「ええ、少し」

「『絞首台の上のカササギ』ってタイトルなんだがな」

立ち上がりかけた岡部がいすに座り直し、目の前の絵葉書をはがして手に取った。

「絞首台？　首吊り台じゃなくて？」

岡部が絵葉書を差し出したので、花村は受け取って聞いた。

「ははは。そりゃどっちも一緒だよ」

「じゃあこの、上にとまってる、ちっちゃいカラスみたいなのがカササギですか？」

「そう。日本だと『カチガラス』って別名があるんだ。『カチ、カチ』って鳴き声だからカチガラス」

「へえ……」

「『カチ、カチ』ってのは、勝ち負けの『勝ち』に聞こえるだろ？　『カチ、カチ』で連勝だ。だから、あの戦国武将の加藤清正《かとうきよまさ》が縁起が良いってんで、そう名付けたなんて話が残ってるんだ。毎日毎日、〝抜いた抜かれた〟の世界だから、連勝なんて、おれたち新聞記者にぴったりだろ？」

「ああ、そういう意味だったんですか。キャップが飾ってるほどだから、絶対に何か意味があるんだろうなって思ってたんですよ」

「ははは。まあ、確かに意味はあったけど単純だろ？　よし。あしたも勝たなきゃならんのだから、花村ももう帰って休め」

花村は、久々に岡部と二人になりもう少し話したいと思ったが、岡部はそそくさとまとめた荷物を抱えて立ち上がると、

「じゃあ、またあしたな」

と言って記者クラブから出て行こうとした。

――本当に辞めちゃうんですか？

花村はまた、そう聞きたくなった。すると、岡部が突然、振り返った。

「あ、それ。花村にやるよ」

岡部はそう言って、花村が手に持ったままだった絵葉書を指差した。

「え？　あ、ありがとうございます」

花村が気のない返事をすると、岡部はそれで満足したのか、今度は本当に記者クラブを出て行ってしまった。

――カチガラスか。どうせ会社を辞めるんだから、もう勝たなくたっていいってことか。

花村は手元の絵葉書を見て思い、岡部と同じように自分の席の目の前にそれを貼り付けた。そしてすぐに、岡部が辞めた後、会社から連勝を求められるのは自分なのだと気づいた。

――そりゃあ無理だ。きょうのあの人の仕事を見ただけでもわかる。おれはまだ、あの人の取材力の一割も盗めちゃいないじゃないか。

花村は記者クラブの天井を見上げた。他社のブースからはまだ、カタカタとパソコンを打つ音が聞こえていた。

4　足で稼いだネタ

犯人逮捕の翌朝、花村はいつも通り県警幹部宅の朝駆けをしてから本社に戻った。

被害者が販売店の社長の娘だから続報が書けない。だからといって、県警幹部宅を回らないという選択肢は花村にはなかった。事件があれば、県警記者クラブに加盟する十社以上の他社が夜討ち朝駆けをするのに、地元紙の房州新聞だけが行かないというのは、あまりにも体裁が悪い。県警幹部も記者の夜討ち朝駆けを楽しみにしているわけではなかろうが、行かなければ行かないで、後で他社の記者たちや県警幹部たちに、「房州さん、怠《なま》けてるんじゃないの？」などと言われるのが嫌だった。

だが、朝駆けは空振りだった。どの幹部に当たっても、犯人が否認している以上、その供述を易々《やすやす》と引き出せるはずはなく、犯行の詳細も当然、犯人はまだ語っていないとの一点張りだった。

捜査本部事件は事件発生直後から三日、逮捕されたのであればそこから三日が勝負と言われる。発生直後三日であれば、現場周辺の住民や目撃者の記憶も新しいし、逮捕直後三日なら犯人も生々しい供述ができる。発生当日と逮捕当日は大きく報道される。三日勝負と言われる最大の理由は、そこから三日も経ってしまうと、読者の関心が薄れることにある。だから報道各社はこの三日間、徹底した取材攻勢をかけ、自社の取材力を誇るべく、連日特ダネを飛ばそうとする。

そうは言っても、やはり今回ばかりは厳しい。犯人が容疑を否認している。逮捕時の記者会見でも、犯人がどういう言葉で犯行を否認しているのかすら、明らかにされなかった。だからどの新聞も、〈容疑者は「○○○」と容疑を否認している。〉ではなく、〈容疑者は容疑を否認している。〉という、犯人の文言が入っていない書き方しかできなかった。マスコミとしてはひと言でもいいから「○○○」を埋めたい、犯人の生の声を伝えたいと考える。例えば「おれはやってねえ」なら、それだけで犯人が粗暴な人間なのではということが伝わるし、「私は殺しておりません」なら丁寧か、もしくは慇懃無礼《いんぎんぶれい》な印象を読者に伝えることができる。

もちろん、裁判になれば被告となった犯人の生の声はいくらでも伝えられる。だが、裁判になってからでは遅い。捜査が終結し起訴され、裁判員裁判が開かれる頃になってしまえば、読者にとっては「ああ、そんな事件あったね」で終わってしまう。だから、事件があった直後、読者が最も関心を持っている今、「どうしてこんな事件が起きたのか」という読者の知る権利に応えるため、記者たちは犯人の供述を追う。

最初の焦点は犯人の供述。可能性は低いが、冤罪《えんざい》かどうかを検証するためにも、どういう理由で犯行を否認しているのかを探る必要があった。これは別に、警察の捜査力を疑っているわけではない。公権力を持たない市民を代表する立場の報道機関としては当然、やらなければならないことだ。

犯人の供述が取れない場合、安易に被害者の人となりを取材していかに被害者が惜まれるべき人物だったのかなどを伝え、読者の〝お涙頂戴〟を狙うという手もあるにはある。「あんなに良い子が殺されるなんて信じられない。犯人が憎い」といったような感じだ。だが、今回は性犯罪の可能性があり匿名となっているから、被害者周辺の取材自体ができない。そもそも女子大生の父親の販売店社長が報道するなと厳命しているから、房州新聞としては報道すらできない。

新聞記者である限り、そんな厳命には従わない。記者には、社命に背いてでも真実を追う『内部的自由』が認められている。周囲の雑音を取り払い、堂々と真実を追って記事を書く。実際、社命を無視した原稿を会社が印刷するかは別問題だし、まさに岡部が言ったように、販売店が配ってくれなければ読者のところまでは届かないのだが、それでも花村は、ネタを拾えれば真実を報道すべきだと考えていた。配ってくれなくても、正しいことを報道する姿勢を示す。それこそが、新聞記者の矜持《きょうじ》だ。

だが、肝心のネタが拾えなければどうしようもなかった。

きょう書けるネタがない花村は、早朝に編集局に戻ると、行儀悪く机に足を放り出し、連日の寝不足から大きく伸びをした。この時間帯はいつも、局内に一人だった。ふと社会部長席が目に入った。机の上に、印字された原稿が置いてあった。手に取って見ると、ヘッダー部分に岡部の名前があった。

——キャップ、やっぱりきのうの会見の後、取材に出てたのか。あの人、一体いつ寝てるんだ？

花村自身、同僚記者から「いつ寝てるんだ」と言われ続けているというのに、岡部の仕事ぶりは花村の比ではなかった。

岡部の原稿を読み、花村は震えた。

〈習志野市の路上で女子大生が殺害された事件で、逮捕された中国籍の無職、林胡《りんこ》容疑者（35）が逮捕前、片言の日本語で「おれじゃねえだろ」と話していたことが、房州新聞の取材でわかった。〉

岡部は犯人の生の声をすでにつかんでいた。

原稿を読み進めると、岡部は、犯人が潜伏していたインターネットカフェで捜査員に任意同行を求められた当時、片言で「おれじゃねえだろ」と叫んでいたという内容の証言を、犯人の隣のブースにいた男性客から聞き出していた。確かに記者会見では、県警は市内のネットカフェで犯人の身柄を確保したと説明していた。岡部は記者会見の後、そのネットカフェがどこなのかを突き止めていた。その男性客は半年以上、そのネットカフェで寝泊りしていて、犯人は三日ほど前から滞在していたとも書かれてあった。

——おれじゃねえだろ……。捕まえるのはおれじゃねえだろ……？　殺したのはおれじゃねえだろ、……犯人は別にいるだろ？

この文言は大きい。明らかに逮捕容疑は否認しているし、事件に関与していることは認めながらも他者の存在をにおわせているとも取ることができる。これを読めば、読者は「じゃあ、犯人は誰なんだ」と思うだろうし、そうなれば、記事としては、犯人が逮捕されたからといって一切の警戒は解かないようにと、暗に読者への呼び掛けにもなる。

まさに足で稼いだネタだった。

いくら販売店の社長が続報を報道するなと騒いでいても関係ない。このネタを報道しなかったら、もはや新聞社ではない。

——きょうの段階で、これを超える原稿なんて書けるわけがない。

岡部と同じ会社にいるというのに、花村は岡部の仕事を知れば知るほど、連戦連敗の気分を味わわされた。

花村は夜中のうちに発生していたひったくりやさい銭泥棒、客引きなど、五件の細かい事件の取材を電話で済ませ、短い原稿を五本書き上げた。印字して誤字脱字がないか確認していると、

定時になり編集局の面々がバラバラと出勤してきた。社会部長は机の上の岡部の原稿を手に取って読んだ途端、

「きょうのトップはこれで決まり！　業務終了！」

などと一人で呑気なことを言って、政治部長と笑い合っていた。販売店の社長がらみの報道規制すら、まだ耳に入っていないのだろう。警察を知らなすぎて、部下に取材指示一つ出せないお飾りの社会部長。岡部が辞めた後、この社会部長がどこかに異動するという話は一切出ていない。

――その原稿、紙面で組んだ瞬間に社長に呼び出されますよ。どうせアンタじゃ、社長と戦いもせず、スゴスゴと持ち帰ってくるんでしょうけど。

花村は尊敬できない社会部長にそう言ってやりたい気持ちを抑え、書き上げたばかりの五本の原稿を無言で手渡した。

「花村君。きのうはせっかく良い原稿書いたのに、運が悪かったな。次は頑張れ」

社会部長がわかったようなことを言った。だが、社会部としては、きょう出せる最高の原稿は用意した。ここから先は、部長の仕事。そこでボツにされたとしても、どうせ事件の真相がわかるのはもっとずっと先のことだ。

花村は「はあ」とだけ答えると、大部屋の隅の文化部に宮代《みやしろ》キャップが出勤して来たのに気づいた。宮代は岡部より三期下だが、キャップ歴は十二年にも及ぶ。報道の記者が誰一人文化部を

希望しないものだから、表向きは〝余人に代え難し〟、本当は宮代のほかに誰もやる人がいないため、異動もなく延々と文化部キャップをやらされているというのが真実だった。

「宮代キャップ」

文化部のエリアに駆け込んだ花村が声を掛けた。

「花村君？　文化部に来るなんて珍しいね」

細い目が垂れ、いかにも人の良さそうな宮代は、その顔を見ただけで、会社には何一つ反発しない人間だということがわかる。花村のことを「花村」と呼び捨てにするのではなく、「君」をつけるのも社内の先輩では宮代ぐらいだった。文化部は出世コースではない。近い将来、辞令を受けたら文化部長になり、また余人に代え難しとされて、花形の社会部長や政治部長にはなれず、当然、その上の局次長や編集局長にもなれず、文化部長として会社人生を終えるのだろう。

「ちょっと喫煙所行きません？」

あまり宮代と親しく話しているところを局長や局次長に見られると、花村は文化部のキャップになりたがっているなどとあらぬうわさが立つことになる。

宮代が喫煙者だと知っていた花村は念のため、三階の編集局員が使わない喫煙所に宮代を誘い出した。

「宮代キャップって、うちのキャップと仲良かったんでしたっけ？」

「ああ、聞いたよ。岡部さん、会社辞めちゃうんだって?」

二人でたばこに火を点けた。喫煙所には幸い、ほかに誰もいなかった。

「そうなんすよ。それでキャップ……、いや、岡部さん、どうして辞めるのかと思いまして。宮代……さんなら、何かご存知ではないかなと」

花村は〝キャップ〟だらけの会話になってはわけがわからなくなると気づき、呼び方を改めた。

「辞める理由ねえ。花村君、直属の部下なんだから聞いてないの?」

「それが、お恥ずかしながら……」

「ふうん。僕もほら、文化のキャップの前任者が岡部さんだったから、仲は悪くはないけど。もろに後輩だから、会社辞めるなんてそんな重大なこと相談されるなんてあるわけがないし」

「ああ、そうか。そうっすよね」

アテが外れた。岡部の後任のキャップであれば何か知ってるかと思ったのだが、確かに宮代の言う通りで、後輩に会社を辞めることを相談する上司などいるはずがない。現に毎日電話連絡を取り合う直属のサブキャップにすら、岡部は何も話していない。

「辞める理由なんて普通、局長あたりに言ってるんじゃないの?」

「それが、一切言ってないらしいんすよ。『一身上の都合』ってだけで」

「ふうん。まあ、〝サツキャップ〟はキツいキツいってよく言うから、岡部さんもキツかったのかな」

社内では、社会部キャップだけは特別に扱われ、警察の察を取って〝サツキャップ〟と呼んでいた。宮代があまりにも陳腐なことを言ったので、花村は、

「それはありません。そりゃあ確かに、体力的にキツい場面ってのはあるかもしれませんが、岡部さんに限ってはサツキャップがキツいだなんて感じたことはないはずです」

と、即座に否定した。花村を怒らせてしまったのではと思った宮代は、慌てて「ごめん、ごめん」と謝ると、

「確かに、岡部さんの仕事量ってのは、あの人の後任になってみないとわからないからね。実際、僕もあの人の後任になって、あの人がどれほどたくさんの事柄を取材して、どれほどたくさんの記事を書き残したか、しかもそのどれもがものすごく丁寧だったかってことを知ったんだ。それはきっと、ほかの記者たちの想像を遥《はる》かに超えていると思う。だから僕も、岡部さんがどうして辞めるのか、気になっていたんだ」

と、年下の花村のご機嫌を取るように言った。

「岡部さん、文化部時代ですらそんな感じだったんですか?」

花村は言った途端、「ですら」などと失言したことに気づき、すぐに「あ、すいません」と頭を下げた。

「いいよ、いいよ。気にしないから」

宮代が笑って許し、うまそうにたばこをふかした。

「岡部さんが辞める前に相談するような人って、この会社内にいないっすよね?」

「相談って普通、自分より優秀な人か尊敬できる人にするもんでしょ? あんなにデキる記者、歴代見てもいないからね」

「歴代……。じゃあ、OBとか?」

「OBか。歴代の部長連中なんて、人事のたびに岡部さんを奪い合ってたようなところがあったからなあ」

「じゃあ、若い頃に取材のイロハを教わった先輩とか」

「岡部さん、僕が入社したときにはすでに三年生だったから、もう一人でバリバリ働いてた印象しかないなあ。その頃に聞いた話だと岡部さん、誰にも教わらず、いきなりほぼ完璧な原稿が書けたって有名だったし」

ここで岡部を褒め合っていてもどうにもならない。花村は本来、文化部キャップに聞くべき質問をぶつけた。

「じゃあ、あの人間国宝の先生なんて、何か知ってそうですかね?」

「ああ、横山先生? 結婚式の主賓だし、横山先生になら相談するってこともあるかもしれないね」

「宮代キャップ。横山先生の連絡先ってわかります？」

「そりゃあ文化部だし、それこそ岡部さんから引き継いでるからわかるよ。もしかして、先生のとこ行くの？」

「ええ。僕は岡部さんのこと、天性の記者だと思ってますんで」

「それってつまり……。説得して岡部さんに退職を思い留まらせるために、横山先生から理由を探ろうってこと？」

「はい」

「なるほどね」

花村は、編集局長からの密命だということは隠した。それでも、岡部に辞めてほしくないというのは本心だった。

それを感じ取ったのか、宮代はたばこを吸い終えると自分のスマートフォンをポケットから取り出し、登録されていた人間国宝、横山照界の携帯電話の番号を教えてくれた。花村は、宮代も岡部に辞めてほしくない人間の一人なのだとわかり、少しだけうれしくなった。

5　人間国宝の目

都会の喧騒《けんそう》から遠く離れた山中にある人間国宝、横山照界の自宅は、広い敷地内にひと目見ただけで数軒の古い農家のような民家が密集してある、そこだけで一つの小さな集落のようだった。

〈岡部君の部下？　それなら大歓迎だ。来月の展示会の準備でバタバタしとるが、いつでもいらっしゃい〉

アポ取りの電話に出た横山は、会って話がしたいと言う花村にその理由をあれこれ詮索《せんさく》することなく、会うことを快諾《かいだく》してくれた。

武家屋敷を移築したのか、古くからある庄屋の家を買い取ったのか、木造の寺院のような大きな門には、当然、書の大家の筆によるものだろう、「横山」という立派としか言いようのない文字で書かれた大きな木の表札があった。インターホンなどあるはずがなかったので、花村はそのまま門をくぐった。正面に瓦葺《ぶ》きの大きな主屋が見えたが、廊下で何棟ともつながっているようで、一見しただけで二十部屋以上はありそうに見えた。左手には現代になってから建て増ししたのだろう、どこにでもあるような二階建ての民家が建っていて、『横山照界書道教室』と、これまた立派な文字の木の看板が掲げられていた。右を見ると土塀でできた一般の三階建てぐらいはありそうな建物があり、一～二階部分が吹き抜けのようになっていて、こちら側の壁がない。昔の納屋を巨大なアトリエに改装して使っているようで、中ではお弟子さんたちが縦五メートルはありそうな『道』のひと文字を、銅板に転写する作業をしていた。

「すいません」

花村がそのお弟子さんたちに声を掛けると、中でも一番若そうな女性が「花村さんですね。うかがっております」と礼儀正しく言い、主屋のさらに奥、門から見えなかった部分に花村を案内した。まだあどけなさの残るその顔は、どう見ても名門女子高書道部の部長ぐらいにしか見えなかった。

案内された場所は、明らかに旧家を移築したのではない現代建築によるもので、横山の自宅なのだという。それでも豪邸であることは間違いなく、待つよう言われたリビングには、数百万円はしそうな豪華な革製のソファがあり、四方の天井に近い壁に、額に入った表彰状や勲章などがぐるりと部屋を囲むように飾られていた。なるほど、いくら書の大家だからといって、全員がイメージ通りに江戸時代の武士のような生活をしているはずはない。大家だって人間だ、妻も子どももいるんだ、などと花村が勝手に感心していると、先刻の部長がお茶を持って来た。

「先生のご自宅だなんて、何か畏《おそ》れ多いですね」

花村が声を掛けると、部長は、

「ご自宅より、主屋の方がよろしかったですか？」

と気を遣った。

「あ、いえいえ。でも、主屋も使ってらっしゃるんですね？　あれだけご立派な建築ですから」

「主屋は、今は先生が創作にあたられるときにだけ使っております」

「創作のときだけですか？　あんなに広いのに？」

「はい。主屋の方は実は、旧久米家住宅と言いまして、江戸初期の庄屋の家屋を移築したものなんです。それが近々、市の文化財に指定されることが決まっておりまして、そのための保存が必要になり、このような使い方をしています」

「文化財ですか！　ご自宅が文化財だなんて、さすが横山先生ですね」

「横山からはこちらにご案内差し上げるよう言われておりましたが、よろしかったらお会いになられる場所、あちらの主屋の方に変えましょうか？　横山には私の方から話しておきますし、お茶もすぐ、私が淹《い》れ直して持って参りますので」

「いえいえいえいえ！　それこそ文化財だなんて、もっと畏れ多いです。僕なんかが行って、もしお茶なんかこぼしちゃったら……」

「そうですか。では、こちらでもう少々お待ちください。横山には子どもたちの教室が終わり次第、すぐにこちらに参らせますので」

部長は丁寧に頭を下げて部屋を出ると、アトリエでの作業に戻って行った。

弟子に対する教育が行き届いているところは、さすがと言うべきだった。

人間国宝と相対するのは初めてだった。だが、花村は以前、仕事で人間国宝を扱ったことはあった。

部下の深山に、県内の不動産事務所で発生した出店荒らし事件を取材させたことがあったのだが、犯人は事務所の中にあった手提げ金庫のほか、そこに飾ってあった人間国宝の手による大皿も盗み出していた。それを警察から聞いた深山は、その原稿の見出しを〈人間国宝盗まれる〉としただけでなく、本文中でも〈人間国宝が盗まれた〉と書いた。人間国宝の作品が盗まれたのではなく、人間国宝が盗まれたのであれば、それは拉致か誘拐だ。だが、チェックすべき立場だった花村はそれを見逃した。その原稿はそのまま紙面に組み上げられ、輪転機が回った。刷り始めの何部かを確認する刷り出しが出来上がって花村が編集局でチェックしていると、ちょうど岡部が帰社し、一発で間違いに気づいて輪転機を止めた。

もしあのまま、〈人間国宝が盗まれた〉と書いた新聞が世に出ていたら、始末書どころの騒ぎでは済まなかった。花村の会社人生、記者人生はそこで終わっていた可能性すらあるほどの、恥ずかしくてみっともない、バカな見落としだった。

お茶を飲みながら三十分ほど待った。手持ち無沙汰だった花村は立ち上がり、表彰状などをながめていると、見覚えのある新聞記事が額に入れられて飾ってあった。岡部が文化部時代に書いた、横山照界のインタビュー記事の切り抜きだった。自分の会社の記事がこんなにも立派に扱われていることを知り、うれしく思っていると、

「いやあ、すいませんでした、お待たせしちゃって」

と言いながら、作務衣姿の横山照界が姿を現した。花村はすぐに立ち上がって直立し、

「こちらこそ、突然お訪ねしてしまい申し訳ありません」

と、深々と頭を下げた。

花村は横山をひと目見て、信用のできる人間だと確信した。社会部の記者としてこれまで、犯罪被害者はもとより優秀な刑事、融通の利かない警察官、無数の犯罪者を見てきた。中でも犯罪者は多種多様で、うそでうそを固める詐欺師、自分のやることはすべて正しいと勘違いしている迷惑犯、金欲にまみれた強盗殺人犯、難病に苦しむ親に懇願され涙ながらに親に手をかけた息子、刑務所に入りたいがために無銭飲食を繰り返すホームレスなどさまざまだ。

「人間は目だ。目を見りゃ、相手がうそを言っているか、ソイツが仕事のできる優秀な人間かどうかはわかる」。岡部にそう教わってから、花村は人間の目を見るよう心がけてきた。人を人と

も思わない人間は、総じて死んだ魚の目をしている。それはそうだ。人を人とも思わない人間が人に向ける目は、光を放たない。人を食ったようにうそを並べて自分を守ろうとしたり、他人を見下すことで自分こそが優秀だと思いたがるような人間の目が放つ光は外に向かない。自己愛にまみれた自分だけを照らす。岡部は人間の目の違いまでは教えてくれなかったが、花村は自分なりにそう考えていた。

目が垂れているからとか人が良さそうだからとかではない。八十歳を超える横山の目はいまだ若々しく、はっきりとこちらに向かって光を放っているように、花村には見えた。

「あなたのことは、岡部君からよく聞いてますよ。一人だけ優秀な部下がいるって」

横山が笑顔を見せながら、花村の正面の長いソファに座った。屋敷の主人であれば当然、部屋の中央の一人掛けの方に座ると思っていたので、花村は少し面食らったが、それ以上に、岡部が自分のことを人間国宝に話していたことを知ってうれしくなった。

「優秀だなんてそんな……。本日は急なお訪ねに快く応じてくださり、ありがとうございます」

もう一度深く頭を下げると、横山が「いいから座って」というポーズをしたので、花村はソファにできる限り浅く腰掛けた。すると、すぐに先刻の部長が、新しいお茶を持ってきた。気遣いだろうか、お茶はコーヒーに変わっていて、器も花村でさえひと目でわかる、高級磁器マイセンの茶器だった。

会ったことのない人間国宝との面会、見たことのない書の世界。普段なら緊張して当然のところだが、花村は不思議と緊張を感じなかった。いや、緊張はするにはしていたが、吐きそうな緊張ではなく、心地よい緊張と言うべきか。そう感じさせたのは、横山がまったく偉ぶらない普通の老人にしか見えなかったからか、上司である岡部の結婚式に出た身内だと思えたからなのか。

少なくとも、日本の宝、人間国宝の貴重な時間を自分などが占有することは許されないんじゃないかとも思った花村は、早速本題に入ろうとしたが、何から話していいかわからず、

「あれ、先輩の記事ですよね？」

と、先刻見た岡部の記事を飾った額縁を見た。

「よくわかったね。岡部君、僕が支離滅裂《しりめつれつ》なことしか言わないのに、ちゃんと意を汲《く》んで、見事な記事にしてくれたんだ。岡部君は本当に頭が良いんだろうね」

「あの取材からですか、先輩とお付き合いいただけるようになったのは？」

「その前からも、ちょくちょく個展の取材なんかには来てくれてたんですよ、岡部君は」

「へえ。じゃあ、先輩って、書にも造詣《ぞうけい》が深かったんですか」

「そうだね。岡部君、記事では概ね、僕の作品を褒めてくれてたんだけど。実はね、一度だけ、僕が気に入らなかった作品を展示したことがあったんだ。ある個展で会場に空きスペースができちゃって、主催者に『もう一点展示してくれ』って言われてね。僕はどうしても展示したくない

と言ったんだけど、会場の方でどうしてもって言われて仕方なく。で、岡部君にそれを見抜かれちゃったんだ。〈習作かのように出展されているが習作ですらなく、むしろ失敗作に近い〉なんて書かれちゃって。まさに岡部君のおっしゃる通り。あれは完全にただの枚数合わせ。開幕前にあの会場で適当に書いただけ。何のテーマもなく、何の思いも、何の魂も込もってなかった作品だったんだから。ははは」

横山が当時を振り返って、懐かしそうに笑った。

「凄いお話ですね……。キャップが書を嗜《たしな》むなんて僕、初めて聞きました」

「僕も驚いたんだ。専門紙でもない、一般紙の新聞記者に書の何がわかるって。でもね、その後、岡部君が言ってたんだ。『記者は書道家でもなければ野球のメジャーリーガーでもないし、政治家でもなければ学校の教師でもない。専門家でもなければその道の経験者でもない人間がニュースを報じるためには、一般人の知識量を上回る程度まで必死に勉強をしないといけない。それが新聞記者なんだ』ってね」

その話は入社直後、岡部から聞かされたことがあった。当時、花村はその話を聞き、「とんでもない世界に入ってしまった」と後悔したものだったが、岡部はそこに一つだけ加えていた。「人間の脳の容量は限られてる。新聞が印刷されたら、今まで勉強したことなどすべて忘れていい」と。おかげで楽になり、花村はきょうまで新聞記者をやってこられた。

「では、雨降って地固まる、みたいなご関係ですか？」

「うーん。僕は岡部君とはケンカとまでは言わないけど、あの一件以来、よく書の未来とか新聞の将来なんかについて語り合うようになったんだ。ほら、現代だと、文字を書くのも読むのもみんなパソコンやスマートフォンでしょう？　自分の手で文字を書くことの大切さとか、活字文化を守るためにはどうすればいいかとか。そんな話をよくしたね。そこで僕は、怒るよりも感心したんだよ、新聞記者という職業に。僕は今まで、新聞だけじゃない、専門紙やら雑誌やらネットやらテレビやら、何人もの記者という人たちと会った。でもね、花村さん。岡部さんほど、新聞記者という職業に誇りを持って向き合っている人はいなかった」

「そうですか……」

花村は一番近い上司を褒められこそばゆいながらも、やはり岡部だけは別格で、自分は岡部のようにはなれないのだと改めて思い知らされたようで複雑な気持ちになった。

「岡部君も常々、あなたには期待しているって言ってます。岡部君について行けば、あなたもきっと、立派な新聞記者になれますよ」

花村の表情が一瞬曇ったのを察したのか、横山がすぐに励ました。それを聞いた花村はすかさず、

「あれ？　先生。もしかして先輩が会社に辞表を出したというのは、まだお耳に入っていません

でしたか」

と聞いた。

「岡部君が辞表？　まさか」

横山が持っていたコーヒーカップを置き、目を見開いてまさに初耳だという表情を見せた。

「いえ、本当です。実は、私がきょう先生を訪ねたのは、先輩が何か、辞表を出す前に、先生にご相談とかされたのではないかとおうかがいしたかったのですが……」

「相談？　正月に奥さんと二人で来られたときには、何も言ってなかったな」

「そうですか。何かこう、先生として、先輩が会社を辞める理由について、思い当たる節とかはありませんか？」

「岡部君、辞表出したのに、会社を辞める理由を言ってないの？」

「はい。一身上の都合としか」

「そう……。前に一度、僕から書を勧めたことがあったんだけど。趣味でやってみませんかって。でも岡部君、まったく書には興味を示してくれなくてね」

「僕も先輩が筆を持っているところは見たことがありません」

「そのときには彼、油絵は好きだとは言ってたんですがね」

「油絵……、ですか？」

花村の頭の中に、記者クラブの岡部の席に貼ってあったブリューゲルの絵葉書が浮かんだ。

「絵が好きで、展覧会なんかにはよく行っているみたいですけど、聞いたことはないかい？」

「いえ……。先輩は少なくとも、社会部に来てからはただの一度も、県外にすら出たことはありません」

「東京にもですか？」

「はい。社会部では常に県内で発生した事件・事故に対応できるよう、県外に出るときは必ず会社に申請しないといけません。先輩は間違いなく、この二年間で一度もその申請を出していません。と言うより、先輩は社会部に着任して以来、常に事件事件で、休みを取ったことすら、僕の記憶にはないほどですから」

「そんなに大変なんですか、社会部の記者ってのは」

岡部は今までにそういう話はしていなかったようで、横山が目を丸くした。

「先輩だけだと思いますが、僕たち部下がいけないんです。毎日毎日締め切りに追われて、つい仕事ができる先輩ばかりに頼ってしまって」

花村は普段、岡部に対して抱いていた感情を、包み隠さずに話した。

「なるほどねえ……」

ひと通り話を聞いた横山は、コーヒーをひと口すすり、思い出したように言葉を続けた。

「……そういえば岡部君、生涯に一枚でいいから、これぞという作品を遺してみたいなんてのは言ってましたよ。僕が芸術家として言えることがあるとすれば……。もしかしたら、岡部君の中に、ついに生涯一枚のモチーフが浮かんできた。進むべき道を見つけた。だから会社を辞める。そういうことなら、もしかしたらあるのかもしれませんね」

――生涯一枚の絵画……。もしそれが、会社を辞める本当の理由だったなら、どうやって先輩に思い留まらせることができる？　そんなもの、誰にも引き留めようがないじゃないか。

花村は言葉を失った。

すると横山が、

「あなたは岡部君に、本当に辞めてほしくないんだね」

と、言った。心の内を簡単に見透かされた。花村はただ素直にうなずくことしかできなかった。

「人の歩む道というものは、他人がどうこうできるものではありません。あなたは若いから、まだそんな道が見つかっていないのかもしれませんが、いずれ自分の進むべき道というものがきっと見つかります。あなたも岡部君と同じ、いい目をしているからね」

横山の優しい目は、自分の心の内どころか、この先の未来までも見透かしているようだった。

逃げるように横山の自宅を辞した花村は、車に戻るとエンジンキーを回すのも忘れて頭を抱えた。

未来。岡部が辞めれば、次のキャップはあの自分のことしか考えない、岡部とは正反対の嶋。自分のミスは部下のミス、部下の手柄は自分の手柄と言う人間は、自分では手は汚さない。社会部の戦力は九割減でも大袈裟《おおげさ》ではない。嶋の着任は社会部にとって、絞首刑の執行に等しい。

花村の頭に再び、ブリューゲルの『絞首台の上のカササギ』の絵が浮かんだ。

絞首台——。

花村は自分が死刑囚となり、絞首台に向けて昇っていく階段の一段目を今、踏み出したような気がした。

6　麻薬の人

編集局内の喫煙所に行くと、珍しくたばこを吸わない政治部の同期、山本舞《やまもとまい》がいた。ここにいるということは、たばこを吸う政治部キャップに呼び出されたのだろう。それはつまり、仕事でポカをして叱られたということか。花村に気づいて政治部キャップが出て行ったので、花村は何も聞いていなかった風を装って「よう」とあいさつした。舞も「あら」と返した。

同じ日に入社し、警察畑と政治畑という違った道を歩み続ける同期。サブキャップになったのは花村の方が先だったが、今や舞も房州新聞が誇る政治部の立派なサブキャップになっていた。舞は政治部だけあって、いつもパンツルックのスーツをパリッと着こなし、颯爽《さっそう》としていた。だが、どこか抜けているところがあって、仕事でよくミスをした。サブキャップになるスピードに若干の差が出たのも、そんなところにあったのかもしれない。

花村はそんな舞をかわいいと思い気になっているのだが、お互いの忙しさとガードの堅いスーツ姿に阻まれ、いつまで経っても声を掛けられずにいた。

「キャップが辞めるんだから、大変でしょう?」

たばこを吸わない舞は、自販機でコーヒーを二つ買うと、一つを花村に向かってポーンと投げて寄越した。二本も買ったのに、当たりくじは二本ともハズレだった。昔と違ってたばこを吸わない記者は増えたが、取材相手が喫煙者なら喫煙所だろうと構わず入っていくのが記者だ。男社会にもまれた舞も例外ではない。コーヒーを買ったということは、叱られたばかりで少し同期に愚痴りたいのかもしれない。

「そうだな。おれも何とか引き留めたいと思うんだけど、もう時間もないしな」

コーヒーを受け取った花村も、同期に愚痴りたいことは山ほどあった。

「どうせなら岡部さんじゃなく、うちのキャップが辞めればいいのに」

「ははは。また何か言われたか。そっちのキャップ、気難しそうだからな」

二人で缶コーヒーをプシュッと開けた。

「そういやうちのキャップ、国会とか省庁もやってたよな? 政界で何か聞いてない、岡部さんのこと」

同期じゃ知らないだろうとは思ったが、ダメでもともとと聞いた。

「政治家? 議員なんかには会うたびに、『岡部さん、辞めるんだって?』って聞かれるのよ。あれ、何で辞めるって言ってるの」

「一身上の都合」

「いや、そうじゃなくて。本当のところ、どうなのよ？」

「だから、それを聞きたいのはおれの方なんだって」

「サブキャップでも知らないの？」

「お前はどう思ってる」

「あたし？　あたしは政治部だから、わからないわよ」

「いや、政治部の視点だとどう見えるのかって聞いてるんだ」

花村は自分のたばこに火を点けた。

「政治部視点、ね。岡部さん、政界でも名が通ってるからね」

「名が通ってる？　いたのってたった二年だろ」

「二年でも、とにかくマメだったのよ。国会議員全員からマメに声取って、それを総合的に判断して、どこの議員にも政党にもハレーションを起こさないように記事を書くんだって。それでいて提灯《ちょうちん》記事みたいにならないで、ちゃんと筋が通ってるの。省庁にも顔が利いたから、議員のいい加減な発言なんかも、ちゃんと政策との整合性を取って直したりもしてたらしいわよ」

「なんだ、議員の発言をねつ造してたってことか？」

「そうじゃない。何て言うのかな。議員から話を取るときに、質問で誘導するっていうか。ほら、

〝政策通〟なんて呼ばれる議員なんて稀《まれ》でしょ。政策通じゃない議員にもわかりやすく質問するから、そういったセンセイ方は岡部さんの質問に答えやすかったんだそうよ。まあ、そもそも政策通じゃない議員って何なのよって話にもなるんだけど」

「ああ、そういうことか」

花村がコーヒーでひと息つくと、舞はとっておきとばかりに話を続けた。

「一番信じられないのは、あの倉田一郎《くらたいちろう》よ」

「倉田一郎？　倉田一郎ってあの、政界の破壊王、倉田一郎か」

「それ以外に誰がいるってのよ。あんな党首級の超大物政治家なんて、うちみたいな弱小新聞社の記者が口すらきけないってのは、いくら花村君が社会部でもわかるでしょ」

「まあ、な」

「岡部さん、倉田一郎の新年会に呼ばれてたのよ」

「倉田一郎の新年会って、あの新年会か？　一月一日にやる」

花村は、舞の目を見て聞き返した。すぐに舞に見つめ返され、恥ずかしくなった花村は思わず目を逸らして、天井を見て頭に考えをめぐらせるふりをした。

倉田一郎の新年会は政界では有名で、与党時代、派閥の領袖《りょうしゅう》たる倉田は所属議員たちの忠誠心を試すため、毎年元旦に東京・世田谷の自宅で盛大な新年会を開いていた。そこで倉田から日本の方向性が示されるから、新聞記者たちは元旦から倉田の自宅前に押し掛け、出席した議員を取材した。政党を作っては壊していた倉田は現在、小さな野党の党首となっていたが、新年会だけは毎年変わらず行っていた。

「どういうルートでそうなったのかわからないんだけど、岡部さんは取材で行ってたってわけじゃなくて、ちゃんとお年賀持って、招かれて行ってたらしいのよ」

「初めて聞いたよ、そんな話。元旦も働いてたのかよ、あの人……」

新聞休刊日自体はほぼ毎月一日だけあるのだが、事件があればそれでも呼び出しはかかるので、花村にとって、日本中が休む元旦だけはまず呼び出しがかからない、一年のうちで唯一心の底から休める日という認識だった。

「うん。房州じゃ、後にも先にも、あの新年会に招かれたなんて記者はあの人だけよ」

「じゃあ、あの人の触手ってのは、政界の隅々にまで伸びてたって考えられるってことか」

花村はコーヒーをまたひと口、ゴクリとのどを鳴らして飲んだ。

「あれに呼ばれるほどだから、倉田一郎にかわいがられてたってこともあるのかもしれないわよ。倉田一郎の豪腕なら、辞めた岡部さんをどっかの地方に落下傘で落として、次の衆院選で当選させることなんて、わけないはずよ」

「岡部さんが国会議員ってか」

「ない話じゃないと思うけど」

「それはないだろう。岡部さん、この県ＬＯＶＥ《ラブ》な人だし、他県で落下傘候補になんてなるわけない」

「いえ、花村君は知らないとは思うけど、あたしだって今でも仕事してて、政治家から岡部さんの話、ものすごくされるのよ。もう異動して何年も経ってるってのに。政治家のあの人への信頼度って、まだかなり高いのよ」

　舞はうそでも冗談でもなく本気だというように、真顔で力説した。相変わらずきれいな顔だった。その顔を見つめ続けられなかった花村は、

「信頼ねえ……。まあ、参考にしとくよ」

と答え、残ったコーヒーを一気に飲み干して喫煙所を出ようとした。

「ねえ、花村君。一応、花村君がわかってる限りであの人が辞める理由、教えてよ。あたしも、政治家に説明できなくて困ってるのよ」

　呼び止めた舞に振り返った花村は、

「一身上の都合。ごっそさん」

と言ってくずかごに空き缶を放り投げ、喫煙所を出た。背後でカラン、カランと音が聞こえた。缶はくずかごの縁にでも当たって床に落ちたのだろう。カッコつけたつもりだった花村はそれに

気づいていたが、気づかないふりをして後ろ手で喫煙所の扉を閉めた。

花村はしばらく、普段使わない広告局や出版局の喫煙所を使うようにした。岡部が辞表を出した背景には、何か編集局内では言えない理由があるのではないかと考えた。

すると三日目に、岡部がかつて出向した広告局の遠山《とおやま》という女性の企画部長が喫煙所に顔を出した。

「あれ、花村さん？　珍しいですね、こんなところで」

遠山は岡部よりも年上だが、さすが広告畑ひと筋といった印象で、缶ケースから細いメンソールたばこを一本取り出しながら、遥かに年下の花村を呼び捨てにせず丁寧語を使った。

「あ、お邪魔してます。最近、ちょっと気分転換で」

「大変ですね、社会部は」

そう言って遠山がたばこに火を点けたので、花村はまどろっこしいことは抜きにして、いきなり本題を突きつけた。

「うちのキャップが辞表を出したのは、聞いてますよね」

「ああ、はい。岡部さん、辞めちゃうんですって？」

「何か聞いてません？　辞める理由」

花村は、直球を投げた。

「理由ですか。それは私なんかより、直属の部下の花村さんの方が……」

遠山の目はうそを言っていない。そう即断した花村は、

「それはそうなんですが、当時とか何か、記者以外でやりたいことがあるとか言ってませんでしたか」

と、立て続けに質問をぶつけた。

「当時ねえ……。岡部さんからそういう話は聞いたことありませんでしたけど」

「そうですか」

「でも、やっぱり、当時は楽しかったなあ」

遠山が、岡部がいた当時を懐かしむように言った。

「楽しかった？」

「ええ。岡部さん。今振り返ると、岡部さんは私たち広告局にとって〝麻薬〟でした」

「キャップが麻薬？」

「ええ。営業マンは全員、あの二年間で岡部さんの〝味〟を知っちゃったでしょう？　あそこまで仕事が速くてクライアントへの気遣いもできて、あれほどの仕事量をこなせる方はいませんでしたから。クライアントがいくら無茶なスケジュールを言っても、岡部さんは難なくこなしてた

んです。岡部さんがいた間は、営業マンの中で〝岡部タイム〟っていうのができましてね。いつもならクライアントに納期まで一カ月でスケジュールを組むところを、岡部タイムなら一週間でできちゃってたんです。それがクライアントからも評判が良くて。競合他社と比べても、岡部さんのスピードは圧倒的でした。おかげであの二年間、営業マンの成績が軒並み上がったんですよ」

岡部は企画部時代、記事広告を企画・立案し、それをクライアントに持ちかけて取材して記事を書くという仕事をしていた。企業とのマッチングを考えればそれは当然、すべての仕事が房州発信であるはずはなく、「こういった広告を載せたい」と考えるクライアント側からの提案というのが大半だった。

「一カ月が一週間っすか」

「そんな〝味〟を知っちゃったでしょう？　営業マンはみんな岡部さんに頼りっきりでしたから、岡部さんがいなくなった後は、岡部さんの〝味〟がずっと忘れられない。そりゃあもう、〝禁断症状〟で大変でした」

「それで麻薬」

遠山が煙を細く吐きながら、懐かしそうに言った。

「ええ。編集さんからは定期的に出向《しゅっこう》いただいてますけど、後にも先にも岡部さんより仕事ができる方は来ていません。私なんかは当時、岡部さんは広告局こそ天職だと思ったので、異動されるとき、編集局長に『せめてもう一年延ばして』なんて頼みに行ったものです」

「それはウチ《編集局》が困りますよ」

花村が笑うと、遠山も笑って最後の一服を吸い終え、「じゃ」と言って喫煙所を出て行った。

「キャップが広告局にとって麻薬なら、社会部にとっても麻薬だよ……」

花村はそうつぶやいて、吸い殻を灰皿に捨てようとしてふと思った。

――それにしても、舞といい遠山部長といい、キャップって意外と、女に人気があるな。

ろくに吸っていなかったたばこは、長い灰だけになっていた。それに気づき、両手で抱えるようにそうっと灰皿に持っていったつもりだったが、長い灰は振動に耐えられず、途中でポトリと床に落ちてしまった。


出版局の喫煙所では、面白い話が聞けた。

総務ひと筋、最後は人事部長で定年を迎え、出版局に嘱託で再雇用されていた石井《いしい》の話では、会社は十五年ほど前、ある人事計画を立てた。あらゆる労働組合とも渡り合える最強の労務担当役員を作るため、一人の社員だけにあらゆる部署を経験させる。そこには当然、記者職が含まれるのだから、その社員は記者でなければならず、将来の幹部なのだから優秀でなければならない。

『スーパー記者計画』。選ばれたのが岡部だった。

社内のあらゆる部署を経験させられ、名実ともに房州新聞史上最高のゼネラリストとなった岡部は、自ら会社の計画の枠の外に出た。部長就任の内示が出るたびに「自分ができることは、ペンの力でこの県を良くすることだけです」と繰り返し、何度も内示を蹴った。

「現場にこだわるのは記者だからわかるけど、それでも限度があるよ。こっちだって、そのたびに人事を組み直さなきゃならないんだから」

嘱託となった今だからこそ教えてくれた石井の話は、花村の中に一つの推論を生み出した。

――まさか、会社の方がキャップを辞めさせようとしてる？　部長になれと命じても言うことを聞かないキャップに、会社の方が愛想を尽かしたってこともあるのか？

混乱する花村の頭に、丹羽編集局長の言葉が浮かんだ。

〈おれはまだ、岡部をあきらめたくないんだ〉

丹羽編集局長は岡部を慰留するため、花村に岡部が辞める理由を調べるよう密命を出した。少なくとも遺留側で、愛想を尽かした側ではない。

――編集局長でないなら編集局長より上の話になるが……。社長か副社長？　まさか。もしも社長の陰謀だったらそんなもの、おれなんかに暴《あば》きようがないじゃないか。

来る日も来る日も頭を悩ませていると、編集局長の密命からあっという間に一週間が経った。

密命の期限は一カ月だったが、実際にはもう、残り一週間しかない。会社組織として、来週には岡部の退職に伴う人事異動の内示を出さなければならないからだ。川名通信部の嶋が後任のキャップとなり、嶋の後任に誰かが川名通信部に飛ばされる内示。

絞首台に続く十三階段は、もう残り半分もなかった。

7　慰留のリミット

嶋の書道家弟子入り説は完全に捨てられるとして、画家への転身、政界進出、社長との確執……。考えれば考えるほど、花村には岡部が会社を辞める理由としてはどれも荒唐無稽にしか思えなくなっていった。それならば、最も単純な同業他社からの引き抜きの方が現実的だ。大手紙に引き抜かれた岡部は退職日の翌日付で県内にある大手の支局かどこかに着任することが決まっていて、それはすでに内部情報にあたるのだから、ライバル社となる房州新聞には話せない。義理堅い岡部であれば、これから行く大手紙にそう義理立てすることだって考えられる。

丹羽編集局長に呼び出され、中間報告を求められた花村はそう説明した。だが、丹羽編集局長からは岡部に関する新しい情報は何も出ず、リミットだけが正式に区切られた。

岡部の退職に伴う内示を出すのは七日後。だが、そのまま内示を出すにしろ、岡部に退職を思い留まらせて内示の発令を止めるにしろ二日は必要だから、五日以内に何としても決定的な退職理由を探り出し、内示前日までに報告するよう厳命された。

社内に退職理由を知っている人間はいない。ならば社外だが、少なくとも県警は消せる。花村がこの一週間で会った中に理由を知っている、あるいは退職を相談されたといった県警幹部は一人もいなかった。

社外でも広告局関係はどうか。岡部は広告局時代、常に営業マンとマンツーマンで動いていた。クライアントと昵懇の仲になるのは営業マンの方だろうし、カネをもらいに行く立場の人間がカネを出す側のクライアントに相談するというのも考えづらい。

出版や文化関係には、岡部独特の人脈はありそうだ。だが、書家だの画家だのに、なんの修行もせずなれるはずがない。岡部の才能に関しては未知数ではあるが、才能だけでなれるほど、文化人というのは簡単なものではない。知識と経験、技術の蓄積があってこその文化人だろう。第一、結婚式の主賓という最も関係の深い横山照界ですら、相談されていなかった。ならば文化関係は消してもいい。

あとは社外でもまったくの異業種の場合だ。岡部は、通信部は空港を含め四カ所も回っていた。そのときに地元の企業も数多く取材したはずだから、そこで知り合った企業ということも考えられる。だが、この場合だともう、花村には探りようがない。文化部時代には出版業界はじめ映画・演劇関係者とも数多く接している。だが、出版社だって大手から零細までさまざまだし、映画の配給会社だって無数にある。まさか五十手前で俳優になろうと思うはずはあるまい。大学に講師として招聘《しょうへい》された、自治体に行政委員として採用された。もしそうであれば、会社に言えない理由にはならない。

社外をざっと見ても、岡部と関係がありそうな取材先の数はあまりにも多く、まさに雲をつかむようなものだった。

いくら考えてもそれらしい理由が見つからない。かと言って通常の業務もいつも通り山積していて、仕事に追われているうちに時間は情け容赦《ようしゃ》なく過ぎて行った。


――キャップのスマホを盗み見るか。

あすは編集局長に何らかの報告をしなければならない。追い込まれた花村は、それしかないと考え始めた。再就職が決まっているのであれば、発着信履歴の最も多い相手が再就職先に違いない。

「退職直前だとお忙しいでしょうから、最後にサシで一杯、いかがですか?」

花村は、刑事部長の官舎を夜回りして本社に戻ってきた岡部を、初めて酒に誘った。社会部ではキャップとサブキャップが同時に泥酔するのはご法度《はっと》とされていたから、恐るおそるだった。

「何だ花村。酒呑みたくて、おれ待ってたのか? ダメだろう、二人同時は」

もう退職するというのに、やはり岡部は社会部の禁忌《きんき》を持ち出した。花村の席の引き出しから

『夜回りノート』を取り出すと、相変わらず廃墟のような自席に座り、普段通りに夜回りで取ってきたネタをノートに書き込み始めた。

「最後ぐらい、いいんじゃないですか？　女子大生殺しも解決したんだし、紙面もすべて下版してるんですから。今夜はきっと、もう何も起きませんよ」

本丸を攻めるにはまず外堀を埋めるのが取材の常識なのだが、もう外堀は埋めようがない。花村は〝直当《じか》たり〟という最後の手段に打って出た。きょうが岡部と相対する最後のチャンスだ。

花村はそう感じ食い下がった。

「最後だし、か……。そうだな。仕事柄、花村とは今まで、一回もサシで呑めなかったもんな」

岡部がなびいた。

普段は厳格なキャップだ。禁忌を破ってまで二人で呑みに行くはずはない。はじめからダメでもともとという思いもあったから、花村は自分で誘っておきながら少し驚いた。そして、それを悟られないよう慎重に、

「そうですよ」

と言った。

「よし、じゃあ行くか。最後だし、花村にはたらふく呑ませてやるよ」

「やったあ！」

花村は岡部の気が変わらないよう、あえて無邪気に喜んで見せた。

「そういやこの二年、本当に忙しすぎて、花村と呑む暇もなかったな」

繁華街を並んで歩きながら、岡部がポツリと言った。

「暇があったって、キャップサブキャップじゃ呑みに行けないじゃないですか」

「社会部のタブーか？　あんなもん、律儀に守ることなんてねえんだよ」

普段の岡部からは出るとは思えない、意外な言葉が返ってきた。

「それじゃあ何か遭ったとき、まずいじゃないですか」

どういうわけか、誘ったはずの花村の方が、優等生のような返しをせざるを得なくなった。

「まずくねえよ。酔っ払ってようが風邪ひいて体調が悪かろうが足を骨折してようが、体一つありゃあ記者なんてのは務まる。現場に行きさえすりゃあ、いくらでも事実は伝えられるだろ？　別にそこで捜査をするわけじゃなし、救命活動をするわけでもねえんだから」

「そういうもんですか」

「それにな、夜の街にはネタが転がってんだ。例えばほら、この店……」

岡部がどう見ても若者が入りそうもない、古びたスナックを指差した。

「……ここなんかは一課の連中がよく使う店だ。おれはもう、面が割れちゃって無理だが、隣で呑んでりゃあ、何かしらのネタが聞けるかもしれねえだろ？　一課だって人間だ、『あしたはやっと、ヤツにワッパ《手錠》かけられますね』なんてこぼすことだってある。こういう店を若い花村たちに教えたかったんだ」

「へえ、一課が……」

「ほかにもあるぞ。東千葉の方に行くと、千葉の郷土料理なんかを出してる『千寿恵《ちずえ》』って店があるんだが、たまに知事なんかも顔を出すんだ。隣の駅なら『大八《だいはち》』だな。焼き鳥の名店なんだが、あそこは今の副知事がひいきにしてるんだ」

「知事に副知事っすか」

「知事はともかく、あの副知事、マスコミは嫌いじゃないから、回数重ねて礼さえ尽くせば、花村だっていつか、一緒に呑んでくれるようになるかもしれん」

「副知事とサシ呑みなんて、僕に務まりますかね？」

「務まらないと思って何もやらなきゃ成長はしない。失敗したってそれが経験になって、成長の糧にもなるんだよ」

「なるほど……。勉強になります」

花村が感心していると、通りに立っていた客引きの男が、

「あ、ベーさん、これからっすか？」

と、馴《な》れ馴れしく声を掛けてきた。当然無視するだろうと思っていたが岡部は立ち止まり、男と「あそこの店は客が来なくて泣いているんじゃないのか」とか、「入ったばかりの客引きがバックれて困っている」だのと世間話を始めた。まさかこのままキャバクラかどこかに連れ込まれるのかと思っていると、男は客引きなのにまったく客引きをせず、定位置に戻って行った。

「知り合いっすか？」

「ああ。おれもこの街でずいぶん呑んだからな」

——ずいぶん呑んだ？　キャップはあれだけの仕事をこなしながら呑み歩いてたって言うのか？

するとすぐに、真っ赤なベンチコートを着た若い女性が、

「あら、岡チャン」

と声を掛けた。岡部が「終わり？」と返すと、「休憩〜」と笑って通り過ぎて行った。

「誰ですか？」

「居酒屋の店員」

——客引きから居酒屋の店員までが顔見知りって……。

花村は、あらためて岡部の顔の広さに驚かされた。

その後も別の客引きが声を掛けてきたりして、岡部はそれに応えながら路地へと入って行き、

一軒の『K』というショットバーに入った。

さぞかし常連で、また客引きたちとのように、岡部とバーのマスターが話し込んで自分は置き去りにされるんじゃないかと心配したが、カウンターの奥のマスターはただ静かに、「いらっしゃいませ」とだけ言って、空いている止まり木に座るよう促した。

カウンターに八席ほど。奥に常連らしき男性が一人、グラスを傾けていた。

二人が座ると、マスターが、

「本日はいかがいたしましょう」

と聞いた。岡部は慣れた様子で、

「マルスのダブル、ロックで」

と注文した。花村はマルスが何なのかはわからなかったが、ロックというからには強い酒なのだろうと覚悟し、

「じゃあ、僕も同じので」

と注文した。

出てきたのはウイスキーだった。

カラン、カラン……。岡部がグラスを手にして氷をグラスに当て、心地良い音を響かせた。

「駒ヶ岳山麓《さんろく》の純国産ウイスキーだ」

岡部はそう教えながら花村の方に向けグラスを傾け、乾杯の合図をした。

花村も同じようにしてグラスを合わせた瞬間、岡部のポケットの中のスマートフォンがブーン、ブーンと震えた。

岡部がスマホを持って店を出て行った。花村は初めて見るマルスの味が気になった。

――もう乾杯したしな。

ひと口飲むと、ロックだけにガツンと来るウイスキーらしさはありつつも、口当たりが柔らかく飲みやすかった。美味い。胃にポッと火が灯ったような感じがした。鼻から抜ける香りが心地良く、余韻まで楽しめた。もう一度グラスを傾けると、ふた口目はさらにまろやかに感じられた。

――スコッチに近いのか？　日本にこんなに美味いウイスキーがあったなんて。

花村はそう思ってまじまじとグラスの中の琥珀《こはく》色をながめていると、電話を終えた岡部が戻って来た。

「殺しだ」

そう言った岡部は、すぐに花村のグラスが減っていることに気づき、

「おれが行く。現場は深山に行かせるから、花村は呑んでろ」

と言って、立ち上がろうとする花村を手で制した。

「そういうわけには……」

「酒は血の一滴だ。マスターにも悪いだろ？　おれの分もやるから、花村はゆっくり楽しめ。詳細聞いて花村が必要だったら呼ぶから、そんときはタクシーで来い。わかったな？」

そう言って花村の肩をポンとたたいた岡部は、

「来たばかりなのにすいません。部下を置いていきますので、少し呑ませてやってください」

と、マスターに丁重に詫《わ》びると、財布から一万円札を出してマスターに渡した。そしてそのまま振り返ることなく、大急ぎで電話を掛けながら、県警本部へと走って行った。

――また殺しかよ。最後のチャンスだったのに何も聞けなかったじゃねえか。

花村は岡部の分のグラスを自分の方へ引き寄せ、天を仰いだ。

8 キャップの年賀状

「殺し」は凶悪な殺人犯が逃亡中で緊急の取材が必要だという事案ではなく、単なる心中崩れだった。四十代の妻が包丁で夫を刺し殺し、自分は死に切れず自分で通報したとのことだった。

報道する側としては、この夫婦が心中しようとするに至った社会的背景を探る必要が出てくるところだが、詳細を聞けばそれすらなかった。「アイツが浮気をしたから、殺して自分も死のうと思った」。容疑者である妻の供述で、報道する価値は地に落ちた。社会構造にどこか問題があったわけでもなければ、セーフティネットが求められる行政に何か落ち度があったわけでもなんでもない。単なる痴情のもつれ。この妻にとっては、夫を刺し殺したことは人生で最大の出来事だったに違いないが、第三者から見れば「はいそうですか」で終わる事件だった。計画的だったか衝動的だったかなどを探ったところで、それは単なる裁判での量刑の違いにしかならない。

房州新聞でも一応、第二社会面で、現場となった自宅の写真とともに小さく掲載されたが、先日の女子大生殺しが掲載されたときとは掲載場所も見出しの大きさも原稿量も雲泥《うんでい》の差だった。

花村は、その記事が掲載された新聞を自宅アパートで読んだ。岡部からは前夜、追加取材が必要な殺人事件じゃないから、県警幹部の朝駆けはしなくていいと言われていた。

久々のゆっくりとした朝だったが、花村の気は重かった。

岡部の退職理由を探るタイムリミット。通常通りなら、丹羽編集局長からきょうの夕方ごろ電話がかかって来て、午後七時に説教部屋に呼び出されることになる。

だが、岡部が会社を辞める確たる理由をまだつかめていない。花村には、局長に差し出せるような手持ちのネタが何もなかった。

――どうしよう。先週の中間報告とまったく同じで、推測と憶測だけで押し通すか。いや、それじゃ何も解決しない。おれだって、キャップに今辞められちゃあ困るんだ。しかし手持ちが……。

このまま何もせずに頭の中で考えていても、永遠に推測と憶測の域を出ない。とにかく動いて最後の悪あがきをしようにも、行くべきところが見つからない。

花村は自分のスマートフォンを開き、何度も何度も電話帳をスクロールさせながら考えた。するとと、たった一文字だけで登録されていた「母」の字が目に入った。

――おれの母ちゃんに「助けて〜」って言ってみるか……って、バカか、おれは。

その瞬間、花村はひらめいた。

——家族だ。そうだ。キャップには奥さんがいたじゃないか。おれが独身だから考えが至らなかった。会社を辞めるのに、妻に相談しない夫なんているか？

目の前に光が差し込んだような気がした。

——そういや岡部さんって、どこに住んでるんだっけ。

ストーカーやいじめが社会問題となってからは、社員の住所録は一切社内に公開されなくなっていた。県警幹部の住所録は非公式に集めて社会部内で共有しているというのに、自分の会社は「個人情報だ」と言って社員の住所を公開しないのだから、おかしなものだ。

——そうか、年賀状か！

花村は大慌てで、年賀状を貯めていたテレビ台の下の箱を引っ張り出し、床の上にひっくり返した。

年賀状の交換は習慣だった。年始のあいさつのためではない。警察官の自宅住所を知る目的で、房州新聞に入社してすぐ始めた。年賀状とはいえ、捜査幹部にいきなり持ちかけても、夜討ち朝駆け大歓迎という特異な幹部でもない限り必ず断られる。だから、人の良い警察官や将来出世しそうな若い刑事などからコツコツと交換している。まだ数十通しかなく、九割方が警察官からだったが、岡部とはキャップに就任したその年から交換していた。

花村は、床にばらまかれた年賀状を、まるでカルタ取りのように次々と手で脇へと弾き飛ばして探した。岡部からの年賀状は三通見つかった。その中から今年もらった最新の年賀状を手に取った。

表面は花村の住所しか書いてなかったので、すぐに裏面を見た。岡部からの年賀状は、よくありがちな家族写真ではなく、どこにでもあるような干支《えと》の絵と年初のあいさつが印刷されたシンプルなもので、左隅にしっかりと『岡部壮一・礼子《れいこ》』とあり、自宅住所も一緒にプリントされていた。絵柄の空いたスペースには、岡部の手書きで『体だけは気をつけろよ』と書かれてあった。ついでに去年と一昨年のものも見たが、干支の絵が違うだけで、どれも同じように、『体だけは気をつけろよ』と書かれてあった。

——キャップが仕事中に自宅に戻るなんてことはないだろう。今から行くしかない。

花村は大急ぎで着替えると、胸ポケットに岡部の年賀状をしまってアパートを飛び出した。

上司である夫のいない隙に、部下が上司の妻に会いに行く。愛車のハンドルを握りながら、とんでもなく悪いことをしているような気がしたが、とにかくもう時間がない。花村は迷いを断ち切るようにアクセルを踏み込み、県西部にある岡部の自宅へと向かった。

岡部の家は一戸建てだった。一見して地元の不動産会社が畑をつぶしてまとめて開発した住宅区画のようで、同じ年に建てられた似たような二階建ての建て売り住宅が十軒ほど並んでいた。表札を見ながらその区画をぐるっと回ると、一番奥に「岡部」は見つかった。

駐車場に岡部のフィアットはない。玄関からは、中に人がいるような気配はつかめなかったが、ベランダを見ると洗濯物が干してあった。インターホンはカメラ付きだった。

花村は意を決して、インターホンを押した。自分の会社人生がかかっているからだろうか、警察幹部宅を訪問するとき以上に緊張した。

反応がない。

カメラの前で直立して待ち続けた。三十秒か一分か。その程度の時間が限りなく長く感じた。留守なのか。最後にもう一度インターホンを押そうと指を伸ばしたとき、インターホンの奥でガチャリと受話器を取ったような音がして、「あ、はい」という声が聞こえた。

花村はすぐに、

「あ、お忙しいところ申し訳ありません。岡部先輩の部下で花村と申します」

と名乗り、カメラ越しに胸につけていた県警本部の入構証のバッジを見せた。岡部の妻であれば、岡部のバッジを見たことがあるだろうと思った。

「花村さん？　ああ、会社の人ですか。もしかして、主人に何か。あ、すぐ参ります」

そう言ってインターホンを切り、玄関から出て来た礼子は少し戸惑ったような表情をしていた。

突然、夫の部下がアポイントもなく自宅を訪ねてくれば、夫の身に何か遭ったと思うのは当たり前だろう。花村はすぐに、

「あ、申し訳ありません。別に、先輩に何か遭ったわけではなくて。ちょっとですね、先輩のことで、奥さまにお話をおうかがいできないかと思いまして」

と礼子の心配の種を打ち消した。

「主人のことで？　そうですか。ここではなんですから、どうぞお入りください」

礼子はそのままドアを開け、花村を家の中に招き入れた。

リビングにはテレビとソファ、ダイニングテーブルにキッチン。建て売り住宅らしい、どこにでもあるような普通の内装だった。ただ、岡部夫婦には子どもがいなかったから、ソファは二人掛けだった。

ダイニングテーブルを勧められると、礼子は「今、お茶淹れますね」と言って、キッチンに入った。

突然の訪問だったので化粧こそしていなかったが、黒髪ロングでワンピース姿の礼子は、清楚で大人しそうな美人と言えた。岡部とは大学時代の同級生だということは聞いていた。

礼子は岡部の退職に賛成しているのか、反対しているのか。まずはそれを把握しないと始まらない。

「すいません、インスタントしかなくて」

礼子は花村の前にコーヒーを置くと、花村の対角に座った。

「それで、主人のことでお話というのは……」

「あ、はい。実はですね、先輩が辞表を出した件でして。ご存知……、ですよね」

賛成か反対か。花村は慎重に見極めようとしたが、どこかおびえたような礼子の表情からは、それをうかがい知ることができなかった。

「あ、はい。それで……？」

「それについて、奥さまはどうお考えなのかと」

「私がですか？　私は別に。主人が決めたことですので……」

もしも岡部が辞表を出したことすら知らなかったら話にならなかったが、少なくともそれはなかった。それは良いが、どうやら礼子は、夫の三歩後ろをついて歩くタイプのようだった。取材相手として、自分の考えを内に秘めるタイプほど厄介なことはない。ならばと、花村は少し強気に攻めようと思った。

「先輩は辞表を出す前、奥さまにご相談とかはされたんじゃないですか」

「それはまあ、ありましたけど……」

「それは、どういったご相談だったんでしょうか」

「相談の内容ですか？　それは、主人に聞いていただかないと……」

「奥さまは、先輩がどうして辞めるのかってのは、何か聞いていていたんじゃないですか」

「それはまあ……」

「先輩は、何で辞めるって言ってたんですか」

「それも、主人に聞いていただかないと……」

　主人を立てる。礼子にはその一念しかないように思えた。花村は、せめて礼子に、岡部の退職に反対の意思があるのであれば、こちらの味方になるのではないかと考え、

「ぶっちゃけ、奥さまは先輩の退職には反対ですか」

と聞いてみた。

「ですから、それは主人が決めたことですので……」

　礼子は頑《かたく》なだった。

　この人はどうすれば胸の内を明かしてくれるのか。花村が頭を悩ませ始めると、礼子は、

「ところで、お話というのは」

と、話をふり出しに戻した。

　岡部が辞める理由。今までは雑談ではなく、これが本題だというのにそう返されてしまった。

花村は天を仰いだ。

――どうしたらいい。これ以上、辞める理由を聞き続けたら、完全に怪しまれる。ならばもう、正直に話すしかない。

花村は天を仰いだ目を前に戻した。

「奥さま。僕がきょうこちらに来たのはですね、先輩を引き留めたいと思ったからです。僕は、先輩に会社を辞めてほしくありません」

礼子の反応を見た。

だが、礼子はただひと言、「ありがとうございます」と答えただけだった。

あきらめずに話を続けた。

「もしも奥さまが、本当は先輩に会社を辞めてほしくないと思っていらっしゃるのでしたら、僕の味方になっていただけませんか」

「あなたの味方?」

「ええ。会社の人間はみんな、先輩が会社を辞めることに反対しています。だから僕は、先輩の直属の部下として、こうして動いています。先輩を引き留めるためには、奥さまの力が必要なんです。もう一度お願いします。先輩がどうしてこのタイミングで会社を辞めるのか。先輩にも奥さまから聞いたなんて絶対に言いません。ですから、先輩が会社を辞める理由。奥さまが知っている限りで構いません。何とか、教えていただけませんか」

これでダメならもうあきらめるしかない。覚悟を持って、礼子の返答を待った。

「それは、ですから、主人に聞いていていただかないと……」

完敗だった。花村はがっくりと肩を落とした。

するとと礼子が、

「コーヒーでもお飲みになってください」

と言った。花村は、今まで手を付けていなかったコーヒーカップを手に取った。コーヒーはすっかり冷めていた。これを飲んで帰ろう。会社に戻って、覚悟を決めて絞首台に登ろう。そう思い、ひと息でコーヒーを飲み干した。

「あら、冷めちゃってましたね。おかわりでも淹れましょうか?」

礼子にそう言われたが、花村にはもう、コーヒーのおかわり分も話す材料がなかった。

「いえ、お構いなく」

「そんなことおっしゃらずに」

礼子はそう言うと花村のコーヒーカップを取り、キッチンに行ってしまった。

——仕方ない。局長には「力不足でした」とでも言おう。そもそも、おれがキャップの辞める理由を調べなきゃならない理由なんてないんだ。ここはもう、大人しくコーヒー飲んで、世間話でもして帰ろう。

二杯目のコーヒーが来た。礼を言って受け取り、口をつけた。さすがに淹れたてで熱かった。さっさと飲み干して帰ろうと思ったが、熱すぎてとても一気飲みはできそうになかった。

「主人のために、皆さんにご迷惑をお掛けして、本当にごめんなさいね」

礼子が口を開いた。

「あ、いえ。ご迷惑だなんて、そんな」

「あの人の部下だと大変でしょう？　あの人、一度言ったらきかないから」

それはあなたもですよ、と思ったが、花村はただ、

「ええ、まあ」

とだけ答えた。

「あの人、昔からそうなんです。一度言ったことは自分の力で必ず成し遂げる。良く言えば『行動の人』なんですけど、悪く言えばまあ、頑固なんですよね」

「『行動の人』。確かにそうですね」

「ねえ。だから、私たちみたいに振り回される周りは、もう大変」

話が本題から雑談に入ったからなのか、礼子の表情は幾分《いくぶん》和らいで見えた。先刻話した夫を慕う部下の想いというものは、少なからず礼子に届いていたのかもしれない。

「そうですね。先輩、いつも仕事なんか一人で抱え込んで、全部一人でやっちゃいますから」

花村は流れに任せて雑談を続けようと思ったが、すぐに思い直し、

「でも、『行動の人』ということは、先輩は一度会社を辞めると言った以上、絶対に考え直したりしないと?」

と、やんわりと話を元に戻してみた。

「そうですね。あの人は絶対に自分の考えを曲げない人ですから」

それを聞いて、花村は深くため息をついた。

そんな花村を少し哀れに思ったのだろうか。礼子は、

「そんなに落ち込まないでください。あの人、自分が辞めても、あなたがいるから会社は大丈夫だって、言ってましたよ」

と、花村を慰めた。嶋キャップの新体制を思うと気休めにもならないが、花村は「ありがとうございます」とだけ答えてまだ熱いコーヒーを無理やり一気飲みすると、もう会社に帰ろうと立ち上がった。

礼子に玄関まで送られ、花村は最後にもう一度頭を下げた。

顔を上げると、礼子が優しい目で花村を見つめていた。

「花村さんって、本当にいい目をしてますね」

突然褒められ、花村は戸惑った。

「私が言えることは一つだけ。あの人は信念を持って会社を辞めるんです。花村さんたちにはご迷惑をお掛けして申し訳ないとも言っていました。ですから、私からも謝ります。本当にごめんなさい」

礼子は最後にそう言って、深々と頭を下げた。

岡部の自宅を出た花村は、覚悟を決めて本社に向け愛車のシトロエンを走らせた。

〈キャップには志があり、信念を持って辞めるらしいです。慰留には聞く耳を持っていません〉

丹羽編集局長にそんな報告をすれば、誰がどう聞いても、岡部の肩を持っているようにしか聞こえない。これでは、花村の立場は慰留側ではなくなってしまう。花村は車窓から流れる風景のように、頭の中のコンピューターをフル回転させた。

9　最後の慰留

あすは岡部の退職に伴う人事異動の内示が発令される。岡部の慰留を目論《もくろ》む丹羽編集局長は夕方、最終報告を求め花村を電話で呼び出した。丹羽編集局長が期待する報告ができそうもなかった花村は、

「すいません、殺しの取材で手一杯でして……」

と、きのう発生した心中崩れの殺人事件を理由に呼び出しを拒否した。

事件自体に何ら社会性がないとしても、殺しは殺し。量刑に死刑まである重大事件に変わりはない。殺人事件が発生したというのに、遊んでいる社会部記者などいない。それはこの業界の常識だ。単純な事件でも、取材を進めればさらに大きな事件に発展することだってあり得る。例えば今回の心中崩れだって、可能性は限りなく低いが、妻には初めから死ぬ気はなく、夫だけを殺したかったということだってあるかもしれない。保険金殺人のように、事件発生よりも後になって発覚するケースだってある。

「キャップの件は、前回お話ししたときと状況に変わりはありません」

密命に対する最終回答としては最悪に違いなかった。かなりの後ろめたさはあったが、花村はそれだけを付け加えた。すると丹羽編集局長は、

〈殺しじゃ仕方ないな〉

と、あっさりとそれを受け入れた。編集局長ともなれば実際に現場に出るはずがないから、そうした事件の発展する可能性や詳細を知らない立場としては、私用たる密命より公用たる事件を優先させざるを得ない。呼び出しを拒んだどころか密命に結果を残せなかった花村をその場で怒ることはできなかった。

結局、丹羽編集局長の方にも何の隠し球もなく、誰も岡部を引き留めることはできないまま内示は発令された。

丹羽編集局長は、岡部の慰留失敗が確定すると、五人いた異動該当者に直接内示の連絡を入れたとのうわさが、部下の深山から伝わってきた。

日付が変わって朝になると、真っ先に本社に怒鳴り込んで来たのは、はるばる川名から車を飛ばした嶋だった。

「なんで私がサツキャップなんですか！」

編集局に入るなりあいさつもせず編集局長席まで駆け寄り、嶋が放った第一声がこれだった。

県警記者クラブに逃げていた花村は、後になって、このとき社内にいた深山から電話で聞いた。

〈嶋さん、もの凄い剣幕で、『社会部なんてガキのやる仕事だ』、『社会部にジャーナリズムはない』なんてまくし立ててました〉

深山はそうも教えてくれた。

新聞社にはまれに、「政治こそジャーナリズム」と勘違いした記者がいる。社会部など、事件・事故の発生に対応しているだけだと。そんなことはない。

例えば単純な交通事故であっても、ガードレールがなかったとか、ドライバーは信号機が見えづらかったと話しているなどと報じれば、事故後に交差点が改良されることにつながる。近年問題となっている高齢ドライバーのアクセルとブレーキの踏み間違いによる事故だって、数多く報道することで政治が動き、免許証返納促進につながったりする。強盗などの犯罪を犯す人間には確かに問題があるとはいえ、犯罪を犯すきっかけが不況による就職難で、所持金が三十円しかなかったということだってある。重大な病気を抱えていたのに、行政のセーフティネットが働かなかったことが犯罪の引き金となることだってある。

こうした細かい報道を積み重ねていくことで、社会の問題点を洗い出す。そして、社会をより良く変えていく。そこにジャーナリズムがなかろうはずがない。そもそも、社会部の取材対象は〝社会〟なのだ。〝政治〟は〝社会〟の中にある。

――あの野郎、人事に文句を言うって。異動するのは会社員の宿命だろうが。使われている側のくせに、経営陣にでもなったつもりかよ。大体、キャップなんて今までに何カ所回ってると思ってんだ。

どうしても嶋の態度が気に入らなかった花村は、パソコンで原稿を打ちながら、タン、タン、ターンと、いつもより強くキーボードをたたいた。

すると、マナーモードにしていた花村のスマートフォンが突然、震えた。丹羽編集局長からの着信だった。

〈人事のことで話があるから、十九時におれのところへ来てくれ〉

――内示発令日に局長から呼び出し？　もう、あの密命は関係ないはずだ。じゃあ、内示に関わることか？　内示の五人に自分の名前はないはずだ。まさか、怒鳴り込んできた嶋がキャップを蹴った？　まさかそのせいで、おれをキャップに繰り上げようって話じゃないよな……。

花村は一気に緊張した。自分の実力はまだ、岡部に遠く及ばない。岡部の代わりなど務まるはずがない。岡部と同じだけの仕事量をこなせる自信はないし、部下もまとめきれていないのに、キャップとして会社を代表して県警と対外的なやり取りなどできるはずがない。出世を喜ばない会社員はいないと言うが、それは間違いだ。今、ここにいる。繰り上げなど喜べるはずがない。

花村の頭の中は緊張から混乱へと変わり、ぐるぐると回り出した。

――おれは今、絞首台の十三階段の最後の一段にいる。あと一歩、足を踏み出せば終わりだ。キャップがいなくなれば、紙面が貧相になる。貧相な紙面は必ず、県民にたたかれる。嶋がキャップ並みに紙面を充実させられるわけがない。それは、おれがキャップになっても同じだ。午後七時。編集局長席に行けば、絞首刑が執行される……。

花村は開いていたパソコンの時計を見た。午後五時。死刑執行まであと二時間。それまでにできることなど何もない。いや、一つだけある。岡部だ。岡部に局長から呼び出されたことを報告する。手下《てか》として。そしてもう一度、会社を辞めないでほしいと懇願する。内示は内示。まだ決定ではない。例えば今回の嶋のように、内示を受けて文句を言う会社員は世にごまんといる。異動対象者の不満が多すぎたからと、一度出した内示を組み換える経営陣だって、世にはごまんといる。

花村は急いで自分のスマホを開きすぐにそれを閉じると、より緊急性を感じる社会部専用のガラケーの方で岡部に電話をかけた。いつも通りワンコールで出た。岡部は、県警本部から近い中央署にいた。車で十五分。

「直接会ってお話しします。今すぐそちらに向かいますので、少し待っていてください」

花村は一方的にそれだけを言うと電話を切り、本部裏の報道用の駐車場に走って、車を中央署に向かわせた。

中央署はすでに開庁時間が終わっていた。入り口には車が進入できないよう、可動式の車止めが設置されていたが、花村は慣れた運転でそれを避け、駐車場に愛車のシトロエンを滑り込ませた。

駐車場に岡部のフィアットが停まっていた。車内の岡部と目が合った。花村は軽く目礼すると、岡部の隣に車を駐車して、フィアットの助手席に乗り込んだ。

「お待たせしてすいません」

「直接話したいって何だ、人事のことか?」

岡部がラッキーストライクを吸いながら言い、カーラジオのボリュームを下げた。仕事の話なら電話で済む。岡部は花村から直接会いたいと聞き、すぐに人事だろうと察したようだった。

岡部の車にはカーナビ一つ付いていなかった。あるのは小さなカーラジオと灰皿だけ。ギアもマニュアルで、オートマにカーナビ、レーダーに携帯電話のハンズフリー用スピーカー、ETCもあればゴミ箱もクーラーボックスもある花村の車とはえらい違いだった。

「おっしゃる通りです。僕、つい先刻、局長に呼ばれました」

花村も胸ポケットからラッキーストライクを出して火を点けた。たばこの銘柄は、岡部に憧れて合わせていた。車も本当ならフィアットにしたかったのだが、安月給の懐が許さなかった。

「で、何だって?」

「いえ。まだ詳しくは聞いていません。一応、内示日なんで、警戒はしているところなんですが……」

花村は、自分のキャップ昇格の可能性への言及は避けた。岡部は常に会社の人事に精通していた。人事異動の季節になると、岡部は編集局長の内示よりも二、三週間も早く、人事異動の全容を把握していた。組織の人事を探るのは新聞記者の本分だから、岡部にとって、身内の人事の把握など造作もなかったのだろう。社内には〝岡部詣《もう》で〟という言葉があるほどで、人事の対象になっていそうな社員たちは、その季節になるとこぞって岡部に探りを入れるというのが常だった。花村は、今回の人事ばかりは岡部の退職が起点となっているだけに、岡部が全容を知らないはずがないと考えた。

「そうか……」

真っ暗な車内で、岡部の顔が吸ったたばこの火で煌々《こうこう》と照らされた。表情からは何を考えているのかがうかがい知れなかった。

「嶋さんじゃあ、キャップは無理です。房州社会部は終わります」

ここに来た理由はただ一つ。岡部に泣きつき懇願することだ。ならばここは、〝かわいい後輩〟を演じるしかない。

「房州社会部は終わるか」

「はい。僕はそう思います」

するとと岡部は、最後の一服を吸い終えると、灰皿でたばこをもみ消した。花村もろくに吸っていなかったが、岡部に合わせてたばこをもみ消した。

「心配すんな。嶋がキャップになったからって、社会部が終わるなんてことはない。会社ってのは、そういうもんだ」

岡部が車の正面を見ながら言った。その視線は中央署の正面玄関を見ているようで、もっと遠くを見ているようでもあった。

「そうでしょうか。僕は、嶋さんにはキャップの代わりは務まらないと思います」

「おれの代わりなんていくらでもいる。それが会社組織ってもんだろ?」

「いませんよ、先輩の代わりなんて」

「いや、花村。会社ってのはな、社員一人ひとりがほんの小さな仕事をして、それが集まって成り立ってるんだよ。おれだってその一人だ。会社全体で見りゃあ、二十八ページある房州新聞のいち社会面の社会記事なんて、ほんの小さな仕事だろう。おれは別に、会社の資金繰りを考えたり、営業に回って広告取ってきたり、工場《こうば》で紙面を組んだり、販売店で拡張したりしてるわけじゃない。ほんの小さな仕事をしてきただけだ」

「そりゃそうですが……」

「会社には毎年、新入社員が入って来るだろう。新人は二年生の仕事を見て、二年生はサブキャップの仕事を見て、サブはキャップの仕事を見る。キャップは副部長、副部長は部長、部長は局次長、局次長は局長って、どこまで行っても同じだ。会社員ってのは、そうやって育っていくもんだ。ほとんどの場合、ピラミッド構造で下の人間の方が人数多いだろう。おれなんかがいなくなろうと、会社ってのは回るようにできてるんだ」

「それは先輩、いくらなんでも謙遜《けんそん》しすぎですよ」

「そんなことはない。それが会社員ってもんだ」

「会社員たって、新聞記者ですよ？　普通の会社員とはわけが違うでしょう。ネタが取れなきゃ――」

「花村だって、〝アリの巣の法則〟ぐらい知ってるだろう？」

「アリの巣？　ああ、あの、働かないアリ二割を集めて巣を作らせるとそのうちの八割がなぜかちゃんと働き出して、また二割が働かなくなるっていう……」

「そう。どんな会社だってアリの巣の比率と同じ。よく働く人間は二割、普通に働く人間は六割、働かない人間は二割いるんだ。その比率ってのは永遠に変わらない。まあ、おれもよく働く方だったとは思うが、おれがいなくなったって、また別によく働く人間が出てくるってだけだ。それが会社ってもんなんだから、あんまり心配すんな」

岡部が二本目のたばこに火を点けた。

このままでは岡部に完全に言いくるめられそうだと思った花村は、なんとか〝かわいい後輩〟として、そんな法則もへったくれもない、感情論に持ち込もうと考えた。

「先輩は僕が呼ばれた理由、何だと思いますか」

「局長にか？」

「ええ」

岡部が首を天井に向けて上げ、うまそうに紫煙を吐き出した。

「別に、花村に内示を出すわけじゃないだろう。嶋だってバカじゃないんだから、ここでキャップを蹴ったら一生川名だってのもわかってるはずだ。おそらく、社会部を預かるに当たって、何か人事的な要求でもしたんじゃねえか？」

「人事的な要求ですか？」

「嶋が何を要求したのかまではわからねえよ。まあ、花村を呼び出したってことは、少なくとも花村に関係したことってだけは確かだ」

「そりゃそうですよね。嶋さんが怒鳴り込んで来て、きょうのきょうですから」

自分にはキャップは務まりません……。そこから泣き落としに掛かろうと考えていた花村は、話が別の方向に向かっていることに気づきはっとした。感情論。感情論だ。花村は一度落ち着こうと、二本目のたばこに火を点け、深呼吸がてら深く一服した。

――キャップには知識でも経験でも勝てるはずがないんだ。正論を積み重ねられて、それを打ち破れるはずがないじゃないか。そうだ、もう内示は発令されたんだ。キャップはもう会社を辞める。それならもうヤケだ。思っていること、何でも聞いちまえばいいじゃないか。

花村はついに意を決し、

「……先輩。結局先輩って、どうして会社を辞めるんですか?」

と、素直に聞いた。

「またか」

「もう内示も発令されたことだし……」

「いいじゃないかってか? 花村も知ってるだろう。一身上の都合だ」

「だからその、先輩の身の上に起きた都合というのは……」

「それが言えないから一身上の都合って言うんだ。もう聞くな」

「でも……。それなら先輩。たった一回。一回だけでいいんで、考え直してくださいよ」

「考え直すったって、もう内示は出ただろう」

「内示はあくまで内示です。正式な人事の発令じゃないんですから、あんなもん、反故《ほご》にすりゃあいいんですよ」

「無理言うな」

「大体先輩。やっぱ僕は、先輩の先刻の理論は納得できません。先輩ほど社内を知ってる人間もいなければ、社会を知ってる人間だっていないじゃないですか。先輩の代わりなんて、どこを探してもいませんよ」

花村はまたろくに吸っていなかったたばこをもみ消し、シートに正座をしそうな勢いで岡部にすがった。岡部は何も答えず、ただ自分のたばこの火を見つめていた。開き直った花村は、

「新聞記者はユーチューバーじゃありません。正しい知識と技術、経験を持った人間だけが、正しい真実を伝えられるんです。社会正義の実現のためには、絶対に先輩の力が必要なんです！」

と、今まで心に秘めてきた想いをぶちまけた。

「〝正しい真実〟って花村、真実はいつも正しいもんなんだから、〝正しい〟は余計な修飾だろう?」

岡部にすぐさま、日本語の間違いを指摘された。花村は反射的に、

「話を逸らさないでください！」

と切り返した。

岡部がたばこを吸い、顔が火に照らされ赤く光った。その表情は、よく読み取れなかった。

「修飾はわかりました。それはいいんで先輩。かわいい部下のお願いだと思って。先輩がいなくなったら、会社は終わりです。辞めないでください。お願いします」

花村は岡部に向かって深々と頭を下げた。記者にはどういう場面でも、少なからず自分を第三者的視点で俯瞰《ふかん》してしまう癖がある。花村は、「少し大袈裟だったか?」と思ったが、もう「懇願」以外に策はなかった。

岡部がまた、たばこを吸った。赤く照らされた表情は、今度はどこか穏やかに見えた。すると、花村の方に向き直った岡部は、

「……花村には本当に申し訳ないと思ってる。すまん」

と言って、頭を下げた。

「すまんと思うなら、やっぱりもう一度考え直してくださいよ」

「それはできん。おれにはやりたいことがあるんだ。今、辞めないと間に合わなくなる」

「やりたいこと? それって、書家だか画家だかになるってことですか」

「……」

「何ですか? 芸術家じゃなけりゃあ、大手に引き抜かれましたか? 社長に嫌がらせでもされましたか? まさか国政に打って出て、『この国を変えるのは今しかない』とか、そんなバカなことでも言うんですか?」

花村はもはや探りを入れることも駆け引きをすることもなく、可能性のありそうなことをすべて直球にして岡部にぶつけた。

だが、岡部はそれには何も答えなかった。

車内に長い沈黙の時間が流れた。

「……先輩。少なくとも僕は、先輩を尊敬しているし、先輩も僕のことを信頼してくれているものと思ってました。それでも教えてくれませんか」

花村は言いながら、まるで自分が、夫に突然別れ話を切り出された妻のように思えて恥ずかしくなり、少しだけトーンを落とした。

「大丈夫だ。別におれがいなくなったって、社会部はおれが異動して来る前に戻るだけなんだから。それに、花村は当時と比べたら二年間分、見違えるように成長してる。だから、何の問題もない。会社ってのは、そうやって新陳代謝を繰り返していくもんだ」

「そりゃそうですけど……」

ここで涙の一つでも流せればどんなに楽か。そう思ったが、花村の目には涙の一滴も浮かばなかった。

「そろそろ局長の時間だろう。もう戻れ」

カーラジオの時計を見ると、午後六時三十分になろうとしていた。

「おれ、このあと、もう一軒回らなきゃならないんだ。十時以降なら電話にすぐ出られるから、局長に何言われたか、あとで教えてくれ」

惚《ほ》れた側の弱みか。花村は終始、話の主導権を取ることができなかった。だが、きょう中にもう一度連絡できる約束は取り付けられた。花村は力なく「わかりました」と言うと、渋々隣の自分の車に移動し、中央署を発進させた。


「嶋は社会部の新体制メンバーに、花村と野田《のだ》、田口《たぐち》を指名した」

丹羽編集局長から説明を受けた花村は、その場に卒倒しそうになった。

嶋は社会部キャップの内示を受諾した。岡部の予想通り、断らなかった。その代わりに、新しいメンバーを自分に指名させろと要求した。局長はそれを了承した。校閲部にいて腐っていた野田は花村の一期後輩で、田口に至っては三期下の紙面をレイアウトする整理部。二人とも外勤記者の経験はゼロ。社会部にいた深山は整理部に異動させられるのだという。

――野田と田口は嶋の子飼いの記者だ。それはわかる。だが、どうしておれが選ばれた？　単なる引き継ぎの問題か？　おれは〝嶋派〟じゃねえぞ。まさか、川名まであいさつに行ったから勘違いしやがったか。

戦力にならないキャップに戦力にならない部下二人。残りは毎年入れ替わる一年生記者が二人という体制になる。

「岡部には嶋にしっかり引き継ぎをさせる。お前は野田と田口、初日から使い物になるよう、しっかりと教育してくれ」

これで、自分が思い描いた人事構想がすべてうまくいったとでも思っているのだろうか。丹羽編集局長は花村の肩をポンと叩くと、〝説教部屋〟から出て行った。ここは耐えろということか。

「こんなゴミみたいな体制で何ができるってんだよ！」

誰もいなくなった説教部屋で、花村は小さく叫びながら、そこにあったゴミ箱を思い切り蹴り飛ばした。

終わった。死刑は執行されたのだ。それは花村に対してではなかった。十三階段を昇って絞首刑となったのは、社会部そのものだった。

午後十時を過ぎ、電話で花村からの報告を受けた岡部は、〈やはりそうか〉と言った。その瞬間、花村は岡部に対し、無性に腹が立った。予想ができていたのなら言ってくれ、その前に、こんなクソ人事を止めてくれ。受話器であればたたき切るように携帯電話の通話ボタンを切った。

――一体、おれが何したっていうんだよ……。

先刻、岡部の前で流せなかった涙が、花村の目にうっすらと浮かんだ。

「いっそのことおれも、会社、辞めちまうか……」

締め切り間際で人が少なくなった編集局で、花村は誰にも聞こえないような小さな声でポツリとつぶやいた。

10　東京左遷

岡部の送別会は盛大だった。

会社近くの居酒屋の大座敷だったが、いくつもつなぎ合わせた長テーブル二列に十席ずつの計四十席。この規模であれば、部長クラスで定年を迎えた人間ならごく普通なのだが、岡部の送別会には入れ替わり立ち替わり、社内のほとんどすべての部署から社員が駆け付けた。社長こそ来なかったが丹羽編集局長以下局内の部長連中も参加し、最終的に百人近くが出席した。同期の嶋の姿もあった。嶋のように、岡部が最後に何を言うのか見てやろうという社員もある程度いたが、それ以上に、岡部に世話になったと考えている社員が多かったことの表れだった。

丹羽編集局長は冒頭、「岡部君には期待していた。将来、編集局を背負って立つ人間だと考えていたので、非常に残念だ」とあいさつした。それを聞いた編集局員たちは、「今さら岡部を褒めるなんて、もう退職で人事レースから外れたんだから、意味のないリップサービスだよ」と言ったかと思えば、「岡部さんを褒めて、自分は人事的に見る目があるってアピールしたかっただけだろう」などと、酒の肴《さかな》にした。

宴もたけなわとなったところで、岡部が最後のあいさつに立った。

「私は在職二十六年近くなりますが、都合十三もの部署で働かせてもらいました」

酒席から一斉に、「おおっ」という驚きの声があがった。二年に一回、必ず異動する社員など房州新聞には岡部のほか一人もいなかった。岡部よりだいぶ年配の丹羽編集局長ですら、まだ十カ所も回っていない。

だが花村は、そんなことに驚くよりも、どうせ岡部はここから、俗な記者みたいに自分の在職中の武勇伝を延々と宣《のたま》うんだろうなどと斜に構えた。岡部の過去などもうどうでもいい。問題は未来、岡部が追いやった〝死の社会部〟をどうするかだ。

岡部は、義理人情に厚い県警幹部たちからいくつかの特ダネを餞別《せんべつ》としてもらっていた。花村は岡部から原稿にしたものを五本預かり、この先も少し取材すれば特ダネになりそうなネタ十本程度をもらった。それをすべて使ったとしても、きっと一週間もすれば原稿はなくなる。そうすれば、これからはたった一人で夜討ち朝駆けをし、昼間はズブの素人の野田と田口を指導しながら、小さな発生記事や裁判の傍聴、紙面建てから原稿のチェックまで、すべてをこなさなければならない。現場取材だって、野田と田口にはままならないんだから、自分が行くしかない。

花村にはもう、心から岡部を送り出そうなどという気持ちはなくなっていた。

だが、岡部は数々あるはずの取材の苦労、大きな特ダネを取ったときの喜び、記事によって行政を動かした使命感などといった武勇伝を一切語らなかった。

十三の部署で一緒に働いた人間の名前を一人も欠かさずすべて挙げ、ただそれぞれに感謝の言葉を述べた。酒席ではそのたびに、部署ごとで固まって座っていた集団から順番に拍手がわき起こった。

最後は社会部。岡部は花村が座っている方に向き直った。

「花村。花村には本当に世話になった。花村がいなかったら、おれはあそこまで好き勝手に取材なんてできなかった。ありがとう」

岡部のあいさつはそれだけで、あっさりと次の深山に移った。

──たった……、たったそれだけかよ。

花村は、自分にだけはもっと手厚いあいさつがあるはずだと思っていた。だが、岡部のあいさつはほかの社員たちとほとんど一緒だった。

花村が舌打ちしてビールをあおると、岡部のあいさつは締めに入った。

「えー、皆さまには本当に感謝しております。本当に、本当にありがとうございました。私は会社を去ることとなりましたが、房州で培《つちか》った経験を糧に、志《こころざし》を持って、この先も頑張って行こうと思います。これからは皆さまのご活躍を草葉の陰から……」

――最後まで何で辞めるか言わねえのかよ！　何が志だ。何が草葉の陰からだ。死んだわけじゃなし、気の利いたブラックジョークのつもりかよ。まだ武勇伝だの自慢話された方が、残されたこっちの参考にもなったんじゃねえのか。

期待外れのあいさつに、花村は失望した。不思議なもので、かつてあれほど岡部を尊敬していたというのに、もう上司でもなければ社員ですらないと確定した途端、その敬意は完全に消え去っていた。

岡部は結局、何も語らずに会社を去った。

新体制となった最初の一週間、嶋はあいさつ回りに花村を連れ出した。社会部の取材先として中心となる県警本部では、まず「本部長にあいさつに行く」と騒ぎ出したので、花村は苦労して本部長とのスケジュール合わせをして、忙しい本部長と何とか五分だけ、面会時間を取った。わずか五分の面会はほぼお互いの自己紹介で終わったが、嶋は自分の名刺を渡しながら、「私がキャップになったからには厳しくいきます。前のようにはいきませんので、覚悟しておいてください」などと嬉々《きき》として言い、本部長を苦笑いさせていた。

「部長と課長にもあいさつする。案内しろ」

花村は耳を疑った。部長はまだわかるが、県警の課長となれば現場の所属長、指揮官である。当然、新聞記者がほしがるネタを数限りなく持っている立場だから、キャップならキャップらしく、一人であいさつに行くべき相手だ。二人で〝ごあいさつ〟などに行っても、ネタなどもらえるはずがないんだから、時間の無駄としか言いようがない。

——コイツ、おれをカバン持ちみたいに連れ回して、ただ見栄を張りたいだけなんじゃねえのか。

花村はそう確信した。だが、嶋にそれを言っても栓《せん》なきことなので、ならばとアポなしで県警本部庁舎を上から下まで回った。当然、すんなりと会ってくれる課長などそうそういるはずはないし、いたとしたって捜査情報であふれた課内に招き入れてくれるはずもない。花村は廊下で軽いあいさつしかできない嶋のカバン持ちという見せしめのような屈辱に、ただひたすら耐え続けた。

地裁や地検、弁護士会だけでなく、嶋は政党の県連にまであいさつに行った。嶋はそのすべてで、県警本部長に言ったのと同じ言葉を使い、相手に「お手柔らかにお願いしますよ」などと言われて得意になっていた。

官公庁街のあいさつだけで二日かかった。

三日目からは、県内四十四ある警察署へのあいさつ回りとなった。

紙面は、岡部が餞別にもらった特ダネがあったから、一週間はしのげる。新戦力の野田と田口には、辞書のように分厚い『社会記事の書き方マニュアル』と過去記事をジャンルごとにまとめたスクラップブックを持たせた。県警が何か事件や事故を発表したら、まず社会部長におうかがいを立て、現場取材が必要のない小さな事件・事故であればマニュアルに照らして記事を作れ、足りないところがあったら発表元の警察署に電話で取材しろと言い置いてきた。

花村はこの間、入社以来初めて、房州新聞を一回も開かなかった。新体制となっても、岡部の特ダネ記事のおかげで〝房州社会部ここにあり〟と世に示せてはいたが、それは自分が取ったネタでもなければ自分が書いた記事でもない。自分の原稿がただの一行も載っていない新聞など読む気が起きなかった。

花村の車で花村が運転し、嶋は後部座席に座った。

岡部が社会部に赴任してきたときには、こんなことはなかった。岡部は仕事の合間合間を使って、一人で効率良くあいさつし、交通安全キャンペーンなど予定できる取材があれば率先して自分で行って、そこで初対面の幹部たちと名刺交換した。

そもそも、キャップは新聞社の役員でもなければ局長でもない。部長でもなければ副部長ですらない。岡部は副部長も兼務していたが、嶋はただのキャップ。本来は現場取材のエース的役回りであり、現場取材の責任者でしかない。だというのに、この役員面して部下をあいさつ回りに連れ回す嶋に、花村の腹が立たないはずはなかった。

だが、少なくともこれをやっている間は、他社に特ダネを抜かれても自分が怒られることはない。丹羽編集局長からは、嶋がキャップでいる期間は二年だと聞いていたから、三百六十五日×二で七百三十日。五日間をあいさつ回りで終えれば、残りは七百二十五日に減る。仕事に対するモチベーションが地に堕《お》ちていた花村には、そんな消極的な考えしか浮かばなかった。

この間、県内では幸い、大きな事件・事故の発生はなかったということもあったのだが、花村にはすでに、夜討ち朝駆けなどする気はなくなっていた。だから花村は毎日、朝駆けなどせず普通に寝ていたのだが、毎朝午前五時になると、必ず会社からの電話でたたき起こされた。新聞が配達された途端、記事に何か問題があれば県警の広報から本社に苦情が入り、当直業務中の社員から社会部のキャップもしくはサブキャップに連絡が入る仕組みなのだが、嶋はその連絡先から自分の名前を外し、花村にだけ連絡が行くようにしていた。

問題は野田と田口だった。二人は連日、万引きや痴漢、重傷交通事故など記事としては一番小さな扱い、いわゆる〝ベタ記事〟をマニュアルに沿って書いていたのだが、被害者と被疑者の名前を逆に書いたり、交通事故で重傷のはずのドライバーを死んだことにしてしまったりと、大きなミスを連発した。このせいで、県警からの苦情が花村一人に集中した。

「野田も田口もまだ経験が浅い。間違いは誰にでもある」

電話で花村からの報告を受けた嶋はそう言った。花村は、意外と寛大なところがあるんだなと思ったが、後に続いた言葉が一瞬でそれを打ち消した。

「指導・監督責任は花村にある」

指導・監督責任を問うならば、第一義はキャップにあることは明白だ。だが、嶋は当然のように、それを花村に押し付けた。しかも、子飼いである野田と田口をかばって。

県内中をあいさつに回る車内は連日会話もなく、苦痛でしかなかった。

署に入っても、嶋はふんぞり返って花村を手下扱《てか》いし、署長や副署長に向かって虚勢を張った。

本社に戻れば、野田と田口の不始末による始末書と新聞に掲載するためのお詫び記事を書かされた。社内の掲示板には、「減給百分の三、三カ月」、「減給百分の十、一カ月」と、花村に対する懲戒処分が毎日のように発表された。賞罰というものはわかりやすい。業績の良い会社であれば賞が頻発されるが、業績の悪い会社では罰の方が乱発される。房州新聞は残念ながら、後者だった。

減給記者、処分王、始末書の花村――。

社内のあちこちから、そんな声が聞こえてくるようになった。

岡部が残した記事は、さすがに〝日持ち〟するだけあってそれほど大きなネタではなかったが、それでも消防局員のパワハラだったり、県庁職員の内部積立金の着服だったりと、それなりのインパクトがあった。他社もそれなりに追っ掛け記事を書き、立派な特ダネとして成立もした。すると嶋は、岡部が書いた原稿だというのに、自分の名前で編集局長賞を申請した。事情を知らない丹羽編集局長はそれをあっさりと認めた。新キャップ就任の〝ご祝儀〟という意味もあったのかもしれないが、社内の掲示板には、懲戒処分が発表された花村の名前の横に、編集局長賞をもらった嶋の名前が並んだ。

あいさつ回りばかりで取材させてもらえず原稿が書けないばかりか、始末書ばかり書かされた。そうしながら一週間が経過すると、岡部の記事はすっかりなくなり、今度は他社に抜き返されるばかりになった。他社に抜かれるたびに嶋に怒鳴られ、追っ掛け記事を書かされた。抜かれるたびに嶋は社会部長や編集局長に向かって花村が仕事をしないからだ、無能だからだなどと言って花村を貶《おとし》めて自分の立場を守ろうとした。嶋は当然のように部長面をして社会部長の隣に席を構え、取材には一切出ることはなく、社会部長と編集局長にゴマをすり続けるだけだった。

新体制がこうなるであろうことは十分予想できていたが、それでも花村は疲弊した。

だが、〝岡部後〟はその花村の予想を遥かに上回っていた。

ひと月も経つと、県内のあちこちの販売店から、社会面に対する苦情が上がり始めた。

「社会面の記事が少なくなった」、「間違いが多すぎて新聞が信じられない」、「ほかの新聞より先に大きなニュースが載るからとっていたのに」……。

読者はそう言って房州新聞から離れ、次々と大手紙に乗り換えた。

販売店側も、社会面の質の低下による購読者数の減少を問題視し、責任の所在を明らかにするよう求めてきた。

毎月の月末に開かれる局長級会議では、普段、あれほど居丈高な態度だった丹羽編集局長が、鬼の首を獲ったかのように年下の販売局長からつるし上げられた。

嶋体制が三カ月も続くと、房州新聞の部数は目に見えて大きく落ち込んだ。丹羽編集局長もこれ以上、販売局長からの屈辱に耐える気はなかった。だれかが責任を取らないと収拾がつかない。

「諸悪の元凶は花村」。嶋にそう言われ続けていた丹羽編集局長は、実態に目をつむって花村を東京支社の営業部に異動させることを決めた。

〝岡部後〟の新体制は、わずか三カ月で崩壊した。

懲罰人事で左遷される花村には、岡部のような送別会は誰も開いてくれなかった。

11　岡部の机

早朝のＪＲ新検見川駅ホームに、総武線上り各駅停車の黄色い車両が到着した。

長い行列に並んでやっと乗車できる順番が来たと思った花村はぼう然とした。

「どうやって乗れってんだこれ……」

ドアが開いても誰も降りてこないどころか、車内にギュウギュウに押し込まれた満員の乗客たちが、ドアが開いた反動でホームにあふれ出てくるありさまで、すでに人一人入る隙もなかった。

交通の便の良い死体遺棄現場などない。普段から取材はすべてマイカーで電車通勤などしたことのなかった花村は、通勤電車の実態を目の前にして、ただ立ち尽くすことしかできなかった。

慣れた通勤客たちは、そんな花村を押しのけ、そこにいるのが男性だろうと女性だろうと構わず、背中から体当たりをするように無理やり車両に乗り込んでいった。

「ああやって乗るのかよ。無理だろ、それ。みんな毎日、こんなことやってんのかよ」

きょうから東京支社で営業マンとして働く。念のためアパートを早く出てきたというのに、初日からいきなり遅刻しそうだった。

懲罰人事には内示もなければ、異動のための準備期間もない。「あしたから東京で営業だ」。丹羽編集局長から言われたのはそれだけだった。岡部を引き留めるための密命を花村が聞かなかったことに対する恨みもあったのかもしれない。東京でアパートを探す暇もなかった。そもそも千葉は東京の通勤圏だから借りる必要はないのだが、借りたとしても家賃が高くて、今の安月給ではほとんど家賃のために働くことになってしまう。別に駐車場でも借りれば間違いなく赤字だ。結局花村には、日本で最も混雑するといわれているこの電車を使う以外なかった。

上り電車のドアが閉まると、ちょうど反対側の下り線ホームに電車が来た。

「そうか。終点まで下っちまって、乗ったまま折り返せばいいのか」

花村は下り電車に滑り込んだ。本来の東京方面には向かわず、一旦、三駅先の終点、千葉まで下る。千葉は大ターミナルで上りの始発駅だから、電車は必ず折り返して東京方面に向かう。そのまま降りなければ座って通勤ができるはずだ。これが〝キセル〟になることはわかっていたが、学生時代、構内入場券だけを買って山手線に乗り、いつも三周して昼寝に使っていると自慢していた先輩の話を聞いたことがあったので抵抗はなかった。

きっと、自分と同じことを考える人間はいるはずだ。そう思いながら空いている車内を見ていると、あっという間に終点に到着した。すると、花村の予想に反して、乗客たちが全員降車した。

ドアは開いたままだが、どういうわけかホームに並んでいる乗客たちは一人も乗車して来なかった。

花村に向かって、バタバタと車掌らしき職員が隣の車両から走って来た。一瞬、キセルが見つかったかと思ったが、職員は、

「整列乗車です！　すぐに降りてください！」

と叫びながら、もの凄い勢いで先の車両へと走り去って行った。

花村はわけもわからず車両から降ろされた。

ホーム上は新検見川駅以上に人であふれていた。

仕方なく列の最後尾に並んだが、花村が乗ってきた車両は再びドアが開くと見る見る乗客であふれ、花村まで乗車の順番は回って来なかった。

結局、三十分遅刻して銀座にある東京支社に着いた。支社と言っても雑居ビルの五階部分を間借りしただけで、支社には支社長のほか営業部長と庶務しかいない、小さな事務所だった。

「遅れてすいません」

入り口を入ると、花村は素直に頭を下げた。頭を上げると、応接セットに一ノ瀬《いちのせ》支社長と二岡《におか》営業部長が座って新聞を読んでいた。

「総武線、乗れなかったか？」

一ノ瀬支社長がすべてお見通しとばかりに笑った。

「はい。まさかあんなに混んでるとは。最寄りの新検見川で乗れなかったんで逆方向で戻ったら、今度は終点で整列乗車ってのに捕まりまして……」

「ははは。そりゃ花村君、そんな時間に出勤しようってのが無謀だよ。新検見川だったら五時台じゃないと。なあ、二岡部長？」

「そうですね。でも花村君、ここのカギ、まだ持ってないですから」

「あ、そうか、そうか。じゃ、花村君にもカギあげないと。おうい、美代《みよ》ちゃん。合鍵の予備ってある？」

一ノ瀬支社長に言われた庶務の美代というおばさんが、

「あ、はい。ありますよ」

と言って、自分の机の引き出しから取り出した合鍵を花村に持って来て手渡した。

「あ、ありがとうございます」

花村が礼を言うと、一ノ瀬支社長が、

「いつまでもそんなとこに立ってないで、こっちにいらっしゃいよ」

と、応接セットの自分の横の席を空けながら言った。一ノ瀬も二岡も人は良さそうで、どうやら遅刻に関しては怒っていないらしい。

きのうまでは社会部のサブキャップとして働いていた。懲罰人事を言い渡す席で、丹羽編集局長にスチールカメラとノートパソコン、記者の魂であり命でもある取材腕章を取り上げられた。新聞記者を志して入社した花村にとって、これ以上ない屈辱だった。東京支社には岡部がいた時代、国会や省庁を取材する東京報道部があったが、経営難による組織改革ですでに消滅していた。つまり、東京支社勤務と言っても記者としてではなく、れっきとした営業マン。花村は完全に記者という身分をはく奪された。「こんな会社辞めてやる」。そう騒いで辞表をたたきつける暇もなかった。

取材腕章と引き換えに〈房州新聞東京支社営業部　花村和癸〉と印刷された名刺の束を渡された。輪転機を持つ新聞社だけに、名刺の発行だけは異様に早かった。編集局から追放され、今や広告局が管轄する東京支社に赴任する。丹羽編集局長に、「あとは広告局で聞け」と冷たく突き放された。花村の身柄は広告局長に引き渡された。東京支社ではちょうど営業部に欠員が出ていたから、花村は広告局長に歓迎され、東京支社の業務内容やメンバー、通勤定期券の申請の仕方まで丁寧に教えてくれた。

「いやあ、記者さんが来てくれて助かったよ」

一ノ瀬支社長は当然、花村が懲罰人事で左遷されて来たことを知っているのに、もろ手を挙げ

て歓迎して笑顔を見せた。花村は、一ノ瀬支社長がまだ自分のことを「記者さん」と呼んでくれたことに驚きながら、

「お世話になります」

と言って、一ノ瀬支社長の隣のソファに浅く腰掛けた。

「ほら、私ら営業の人間は、クライアントにプレスリリース寄越されて『記事にしろ』って言われても書けないでしょう。書ける人間が来てくれると、本当にありがたいよ」

二岡営業部長は、「記者さん」ではなく「書ける人間」という表現だった。〝記者ではないが記者経験があるから、文章は書ける人間〟という意味か。それでも、二人ともさすが営業畑という感じで人当たりは良かった。

「私にどこまでできるかわかりませんが、ご指導ご鞭撻《べんたつ》の程、よろしくお願いいたします」

この二人には何の罪もない。むしろ編集局の厄介者を押し付けられた被害者だ。花村は仕事に対するモチベーションはなくとも、ここだけはきちんと、丁寧にあいさつをして頭を下げた。

「席はそこ、二岡部長の向かいね」

一ノ瀬支社長が、向かい合わせになった事務机のうちの一つを指差したので、花村は立ち上がり、そこに名刺の束しか入っていないビジネスバッグを置いた。一応、二つの机の間には、お互いの顔が見えない程度のパーティションがあった。二岡部長の方を見ると、得意先の電話番号の

リストやカレンダー、家族の写真などが貼ってあった。

「きょうはこれから、どちらかにあいさつ回り……、とかいう予定でしょうか?」

花村が聞くと、一ノ瀬支社長は、

「クライアントなんて、午後からじゃなきゃ相手してくれないよ。午前中は自分の机の回りでも整えたらいい」

と言って、美代が淹れてくれたコーヒーを飲みながら、のんびりと新聞に目を落とした。

――午前中はやることがない? それなら、どうして朝五時台の始発みたいな電車で出社するんだ。この人たちはずっと、バカ真面目に毎日そんな無駄なことをしているのか。

一ノ瀬支社長の発言は、花村にはまったく理解できなかった。だが、それがここでのルールなのだろう。郷に入っては郷に従えという。花村はルールに従いつつ、しばらくは様子を見るしかないとあきらめた。

一ノ瀬と二岡は、広告局でも有名な〝タッグ屋〟だと聞いた。支社長がふんぞり返って、部長が太鼓持ちというタイプではなく、将棋で言えば「金」と「銀」。ケンカもしないでお互いに持ちつ持たれつの関係を作り上げ、二十年以上、東京支社で異動もせずに働き続けているのだという。

事務机を見ると、相当に古い型だということが見た目だけでわかった。

「支社長。この机ってもしかして、東京報道部時代からあったなんてことあります?」

花村が聞くと、一ノ瀬支社長は、

「あれ? 東京報道部なんてよく知ってたね? そうだよ。その机、その頃からずうっとおんなじ。うち、カネないからねぇ」

と笑った。

——歴代同じってことは、アイツも使ってたってことか。

花村は岡部のことを〝アイツ〟と呼び、奇異な縁を鼻で笑った。

「最後が確か、ほら、この前辞めた岡部さんだったんだけど、〝ここ〟はまったく使わなかったからきれいなもんでしょう。そういや花村君って、その岡部君に似てない?」

一ノ瀬が付け加えた。すぐさま二岡が、

「何言ってるんですか、支社長。雰囲気だけでしょう。顔なんか全然似てないじゃないですか」

と続けた。記者同士ではわからないが、一般の人から見ると、どんな記者からも〝記者臭〟は感じるらしい。

岡部が〝ここ〟東京支社を使わなかったというのはすぐに想像ができた。〝ここ〟にいたってニュースなどないのだから、岡部は国会や省庁を飛び回って仕事をしていたのだろう。

自分の机を整えろと言われても、どんな資料が必要なのかがさっぱりわからなかった。引き出しを片っ端から開けてみても、中はきれいなものだった。岡部どころか前々任者の痕跡すら、一切どこにもなかった。とりあえず置いてあった電話機をきれいに磨き、電話を受けたときのために持って来たメモ帳を置いたら、あっという間に何もすることがなくなった。何かないかと自分のビジネスバッグを開けて見てみると、どういうわけか筆記用具と一緒に、岡部からもらったブリューゲルの『絞首台の上のカササギ』の絵葉書が入っていた。きのう、大慌てで社会部の自分の席や記者クラブを片付けたときに紛れ込んだのだろう。

——腕章をはく奪され、編集から追放され、記者としてのおれは絞首刑にされたんだな。

絵葉書を見ていると、きのう感じたばかりの屈辱と怒り、悔しさがよみがえった。

——おれがこんな目に遭ったのも、全部アイツのせいだ。アイツが急に会社を辞めさえしなけりゃ、こんなことにはならなかったんだ。

そう思った瞬間、体中の血が一瞬で沸騰したかのように感じた。そのまま、持っていた絵葉書を破り捨てようと思った。

だが、花村はその手を止めた。

房州新聞の通例なら、いくら懲罰人事でも東京支社勤務はきっかり二年だ。〝懲役二年〟をまっとうしさえすれば、編集に戻してくれるはずだ。二年我慢すれば、嶋はどこかに異動するだろうし、社会部のサブキャップまで務めた男を、編集が放っておくはずがない。

——二年。たった二年だ……。

花村はそう自分に言い聞かせると、美代から画びょうをもらい、絵葉書を正面のパーティションのど真ん中に貼り付けた。

——腕章を取り上げられたあの屈辱は絶対に忘れない。臥薪嘗胆《がしんしょうたん》。毎日、体が痛む薪のベッドで寝て、苦い熊の肝《きも》をなめる。この絵葉書は熊の肝だ。毎日目の前にあるこの絵葉書は、あの屈辱を毎日思い出させてくれるはずだ。左遷の恥辱に耐え、必ず編集に復帰する。そして、アイツを超えるキャップとなって、アイツに会社を辞めたことを後悔させてやる。

花村は、モチベーションのベクトルをすべて岡部に向けることにした。そうでもしなければこの先、とても自分自身を支えていけそうに思えなかった。とかく数字至上主義の広告営業で好成績を挙げられる自信はないし、地獄のような満員電車にもいつまで耐えられるかわからない。そうして精神を病み、ついにいつか、ふらっと電車に飛び込む……。そんな話は、社会部でごまんと見てきた。そんな未来は、なんとしても打ち消したかった。

12　営業マン・花村

声なき声を行政に届けたい。社会正義を実現させたい。そんな想いを持って記者になったはずだったのに、その想いから遥かにかけ離れた東京支社営業部の仕事は、花村にとって退屈極まりなかった。

東京支社の営業マンといっても、別に東京に数ある会社に飛び込み営業を掛けるわけではない。東京の会社が千葉の新聞に広告を出す必要がないからだ。

大きな仕事は、政府広報を拾ったり、国政選挙のたびに衆参国会議員を回って選挙用新聞広告を獲得する。こうした回数が限られていて楽な仕事は、花村の着任を機に、二岡部長が独占した。残った仕事は大手広告代理店回り。自社で広告を制作するのではなく、大手の機嫌をとって広告をもらう、下請けのような仕事だ。

大手代理店の担当者との飲み会とゴルフが、花村の仕事となった。

「社会部！　ほら、脱げ！」

大手広告代理店、電報堂のパブリック・アカウント・プランニング・センター第二十三ビジネスプロデュース局地方創生室ゼネラル・マネージャー兼パブリック・トランスフォーメーション・デザイン・センター三十四部ゼネラル・マネージャーという長ったらしい、何をするのかよくわからない肩書きの馬来田権三《まきたごんぞう》が、飲み会の席で花村に向かって叫んだ。

横文字ばかりでよくわからないが、二岡営業部長によると、馬来田のポジションだと年間一億円程度の予算を動かせるとのことで、この脂ぎったオヤジに気に入られさえすれば、年間予算の十分の一、うまくいけば五分の一ぐらいのカネは引き出せる可能性がある。花村の営業ノルマと照らしても、馬来田一人を落とせば、一年分のノルマは達成できるとのことだった。

三十年前のバブル期に〝青田買い〟で入社した馬来田は、バブル期と変わらない乱痴気《らんちき》騒ぎのような宴会を好んだ。ふんぞり返っては高級なワインばかりを鯨飲《げいいん》し、ホステスがいるというのに花村に裸踊りを迫った。

「社会部、脱ぎま～す！」

花村が酔って真っ赤な顔でそう叫ぶと、ホステスたちがやんやの歓声をあげた。

銀座の高級スナックでの接待。経費はすべてこちら持ち。利益供与や贈収賄、経費の水増し請求……。これまで公人の不正を暴く立場にあったはずの自分が、こんなアコギなことをしている。

そう自分を責めたのは、初めの一カ月だけだった。

二岡部長に引き合わされた後、どういうわけか馬来田は花村を気に入った。

初めのうちはなんたら局内にある商談コーナーでお茶を飲む程度だったのだが、花村がたばこを吸うとわかると、同じ喫煙者という仲間意識でも芽生えたのか、毎回、喫煙所で雑談をするようになった。すると、すぐに夜の接待を要求してくるようになった。花村にして見れば、これが役人ならいわゆる〝要求型〟の贈収賄事件だ。〝官・民〟であれば許されないことが、〝民・民〟なら許されてしまう。

一度接待したら、もう止まらなかった。馬来田は経歴を知ると花村を「社会部」と、まるで蔑称のように呼ぶようになり、どこかで別の飲み会に参加すれば、終了後に会社の車で迎えに来るよう花村を電話で呼びつけ、タクシー代わりにした。イベントの仕事で人手が足りなければ花村を呼びつけ、パイプいす運びやテントの設営などの力仕事を押し付けた。当然、手当も手間賃も交通費も出ない。

夜の接待はどんどんとエスカレートしていき、今や週一回のペースとなっていた。飲み会の席では花村を常に見下し、「たばこが切れた、すぐに買って来い」だの、グラスが少しでも空けば「社会部！　酒が足りん」、挙げ句の果てにホステスといい感じになれば「社会部は支払いだけ済ませて帰れ」と言って、花村を途中で追い返すこともあった。

最近ではホステスたちが喜ぶからと、やたらと花村の服を脱がせたがるようになっていた。花村も仕方ないとあきらめ、上半身裸でバカみたいに踊ってみせたが、それすらもエスカレートし、先週はほかの客もいるというのにパンツ一丁で踊らされた。

身の危険を感じた花村は、経費は掛かるが最低限の自己防衛のため、この日はスナックを貸し切りにした。その予感は当たった。

花村は勢い良くワイシャツを脱ぎ、スラックスを下ろすと、いつものようにトランクス一枚になった。

「いいぞ、いいぞ！　社会部、余が酒を賜《たまわ》って進ぜよう！」

馬来田はご機嫌でテーブルの上にあったワインをデキャンタごと持ち上げ、花村に突き出した。

「皇帝陛下、感謝いたします！　社会部、頂戴いたします！」

パンツ一丁の姿でデキャンタを一気飲みすると、かなりの量の赤ワインが口からあふれ、体を伝ってパンツを濡らした。

今どき、これほどわかりやすいパワハラはない。

だが、どういうわけか馬来田は電報堂の中では紳士で通っていた。同じ社内の部下にこんなことをすれば、それこそパワハラで一発アウトだ。だから、馬来田は社内の人間にはこんなことはしなかった。もともとバブル組でパワハラ体質が抜けていない馬来田は、パワハラが社会問題となると、矛先を社外の人間に向けた。営業マンの中には、恥辱に耐えてでも仕事を取ろうという人間は数多くいる。しかも、花村が問題を起こして営業に左遷されてきたことを二岡から聞かされていた馬来田は、花村がもしまた「パワハラだ」などと訴えて問題を起こせば、房州新聞の社内に居場所はなくなるとわかっていた。「良いパシリができた」。馬来田はただ、そう思っていた。

「かわいそうにあの子、パンツ濡れちゃったわよ?」

馬来田に抱きついていたホステスが笑いながら、花村の汚れたパンツを指差した。

「そりゃあいかんな。社会部！　それ、脱いじまえ！」

馬来田の声に、ホステスたちが「きゃあ」とうれしそうに反応した。

——来た。いつかは全裸にされるかと思ってたが、やはり来た。

酒には自信があったから、まだ意識は保てていた花村は、しびれる頭の中で思った。

「大丈夫っす。このままズボンはいちゃえばわかりませんから」

花村は努めて陽気に言ってみたが、馬来田に届くはずもなく、

「ダメだ。そのままここに座らせるわけにいかねえ。脱げ」

と花村に言うと、カウンターにいたママに、「ママ。ちょっとコンビニでコイツ用のパンツ買って来てくれ」と頼んだ。

「はあい」

ママはそう言うと、財布を持ってそそくさと店を出て行った。

「ありがとうございます。ママ帰ったら、すぐはき替えます」

どうせパンツ代はあとでこちら側に請求されるとわかっていたのに、花村は馬来田にそう礼を言った。

だが、それで通る馬来田ではなかった。

「社会部！　こんだけの粗相《そそう》したんだ。脱いで踊れ！」

馬来田の目は笑っていた。花村は、この男には自分が人間には見えていないのだと感じた。

「ほら、みんな待ってんだよ！　さっさと脱いで踊れ！　なあ、ミヤちゃん」

馬来田の腕が、ひざの上のホステスの胸に伸びた。

——まあいい。別に減るもんじゃなし。コイツからカネさえむしり取れれば、最終的にはこっちの勝ちなんだ。

花村はあきらめ、勢い良くパンツを下げた。

ホステスたちの歓声が嬌声《きょうせい》に変わった。「がははは」。馬来田の下品な笑い声が店内に響いた。

何かが吹っ切れた。ヤケになった花村は、産まれたままの姿になって、バカ丸出しで狂ったように踊った。

ここまでやって白けたらただのバカだ。そう思った途端、別のホステスが店内に流れる音楽の音量を上げてくれた。おかげで、店内は大いに盛り上がった。

知らぬ間に帰ってきたママが、花村に近寄ってペチンと尻を軽くたたいた。ママは「もうはきなさい。頑張ったわね」とささやくと、袋に入ったままのパンツを手渡してくれた。

「ありがたく頂戴いたします！」

花村は全裸でひざをつき、両手でそれを受け取ってはいた。

ワイシャツとズボンもはくと、馬来田が、

「社会部、気に入ったよ」

と言って乾杯を求めてきた。

——別にお前に気に入られたくてやったんじゃねえよ。こっちは、お前の会社に気に入られてえだけだ。勘違いするな。

花村は口には出さず、馬来田とグラスを合わせた。

酔った勢いとはいえ、人前で、全裸で裸踊りをさせられた。花村は酒でボーッとする頭の中で、人間の尊厳に関わる、何か重大なものをたった今、失ったような気がした。

13　コロナと解散と

　花村が東京支社営業部に来て一年が経った。

　この間、花村の精神は崩壊しかけていた。

　社会正義の実現からかけ離れたやりがいのない仕事。立場を利用して理不尽ばかり突きつけてくるクライアント。上司しかいないから部下に不満をぶちまけることすらできない職場。疲れ切って眠れば、毎晩夢に出てくるのは、自分を名前で呼ばない電報堂の馬来田ばかりだった。テレビや新聞をみれば、社会部時代、一緒に取材をしていた他社の記者たちが、社会の第一線で華々しく活躍していた。

　――新聞社にとって発行部数を減らしたのは、それは大罪かもしれない。だが、その原因は、絶対に自分だけではないはずだ。なのに自分だけが責任を取らされて懲罰人事を食らった。もしも部数だけで責任を問うのであれば、そもそも岡部時代が増えすぎていただけで、今の状態が普通だと考えることだってできる。しかも、自分は岡部時代のサブキャップだったのだから、いわば部数を増やした功労者だ。大体、今だって部数は減り続けているじゃないか。

本すら読めず、頭の中で考えることしかできない満員電車で毎日そんなことを考えていた。すると、自然に「自分は会社に必要とされていない」という考えに至った。営業にいる限り、他社から記者として引き抜かれることもあり得ない。頭の中は「自分は他社にも必要とされていない」という考えに変わり、そうなればあっという間に、「自分は誰にも必要とされていない」と考えるようになった。

満員電車は、容赦なく花村の精神を追い込んだ。どんなに精神的に病んでいても、どんなに肉体的にボロボロになり疲れ果てていようとも、立っていられないほど腹が痛くても、座って通勤することはできなかった。妊婦でも老人でもない働きざかりの三十代に席を譲る通勤客はいなかった。睡眠時間を削ってまで、始発に乗ろうとは思えなかった。早い時間に東京支社に行ったって、そこにいるのは上司ばかりだから気疲れはするし、もちろん寝ることはできない。

帰宅するときだって、疲れたから早く帰って眠りたいと思っても、そんな時間帯の電車はいつも超満員だった。接待を終え終電で帰るときでさえ混んでいて、やっと座席に座れるのは、降車駅の新検見川駅からわずか三駅手前の津田沼駅に到着してからだった。運良く座っている乗客の前の吊《つ》り革を確保できたときもあったが、その乗客は大抵、終点まで座り続けていたから、まったく座ることはできなかった。さらに運良く、その乗客が途中駅で降りたときでさえ、空いた席を隣の吊り革のおっさんに奪われたりした。

岡部がなぜ会社を辞めたのかなど、もう頭にすら浮かばなくなっていた。

いや、一度だけ、岡部を思い出したことがあった。社会部時代、岡部と一緒に取材した女子大生殺害事件の裁判のニュースを見たときだった。女子大生が房州新聞販売店の社長の娘だったからと、社長に報道を規制されたあの事件。岡部が、逮捕された中国人が「おれじゃねえだろ」と叫んでいたことをつかんだというのに、その記事すら掲載されなかったあの事件で、裁判員たちは判決で無罪を言い渡した。警察と検察はしっかりと状況証拠を積み上げたが、後になって中国人に双子の弟がいたことがわかった。逃走時の駅の防犯カメラ映像では兄か弟か判別できなかったので、裁判員たちは、「疑わしきは被告人の利益に」という裁判の原則に従い、〝一旦保留〟を意味するように無罪を選んだ。

——やっぱりアイツの報道は正しかったのか。

大きく報道されたニュースを見たとき、花村はそう思ったが、それだけだった。

すでに会社にいない人間などどうでもいい。岡部に対する怒りはとうに消し飛んでいた。いつしか花村の怒りは、いついかなるタイミングで乗っても常にうようよといる満員電車の乗客に向けられるようになった。

「自分はこの世に必要なのか」。そんな危険な考えが花村の頭の中を支配し始めた。自分を座席に座らせてくれない満員電車の乗客たちにどうにかして仕返しができないかなどと考えることも増えた。ふらっと電車に飛び込むのはもう、秒読みに思えた。

だが、そんな花村を、新型コロナウイルスの感染拡大が救った。

飛沫《ひまつ》感染から風邪のような症状を引き起こし、重症化すれば死に至ることもあるとされた危険なウイルスは、人と人との接触を断ち切った。ほぼすべての国民がマスクを装着した。政府が緊急事態を宣言すると、あれだけ人でごった返していた東京都心や観光地から人が消えた。政府はインターネットを使ったリモートでの仕事を推奨し、ネット環境が整った大手の会社員たちが出勤しなくなった。酒を呑む宴会はご法度となった。

世は「一億総監視社会」となり、マスクをしていない人間がいればネットでつるし上げ、報道機関も公人が宴会を開いた事実をつかめば、鬼の首を獲ったかのように騒ぎ立てた。

花村の東京支社自体は、支社長と営業部長、花村、庶務のおばさんの四人しかいない上、個人のネット環境も整っていなかったため、支社長判断で庶務のおばさんを出勤停止にした以外、特段の措置は取られなかった。

出勤は強いられたが、花村にとってはまず、あれほど苦痛だった朝夕の満員電車が解消された。大手広告代理店は、社内に宴会禁止命令を出したため、接待宴会もなくなった。営業マンとしては、クライアントを訪問できなくなり致命的かと思われたが、そもそも社会からは飛び込み営業がなくなり、花村にとってはこれ以上、ライバル社が登場しない状況となったから、東京支社のパソコンを使ったリモートでも十分に今まで通りの仕事を受注できた。クライアントの方も、必要があるから出入り業者に仕事を発注するわけであって、そこに新規の飛び込みが来ないのであれば、今まで通り付き合いのある業者に発注するしかない。まさに、既得権益と言えるような状態になった。

通勤電車で心落ち着かせて好きな本を読み、出社しては一ノ瀬と二岡の三人で距離を取ってバカ話をし、たまにパソコンをいじって仕事をもらう。電報堂の馬来田とのやり取りが画面越しになると、馬来田は録画を恐れているのだろう、パワハラ発言一つない、ごく普通のビジネスマンになった。

こうした日々を繰り返すうち、不安定になりかけた花村の精神も、いつしか落ち着いていった。

中央政界では、衆議院の解散風が強くなっていた。

衆議院議員の任期満了まであと二カ月となったころ、記者たちに「任期まであと二カ月だが、いつ解散するのか」と問われた首相は、今まで通り「仮定の質問にはお答えしません」と逃げた。

衆議院議員の任期は法で定められた決定事項だ。「仮定」などではない。そこに、ある地方紙の記者が嚙み付いた。

「先見の明を持ち、先々を見通して政策を打つことこそ、政治家の本領だ。仮定の質問に答えられない政治家には、政治家としての資質がない」

その記者はそう言って、首相の過去の「仮定の質問には答えない」発言をすべて調べ上げ、先見の明を持った新型コロナウイルス対策を打ち出せなかった首相の資質を問うた。野党もそれに乗っかって痛烈に現政権を批判した。政権への支持率は、あっという間に危険水域に達した。

「ダメだ。露木《つゆき》先生、今回はうちには出せないってさ」

夕方、マスク姿で議員会館回りから東京支社に帰ってきた二岡営業部長は、入り口で手指のアルコール消毒をすると、壁に貼り出された議員一覧表の『露木公彦《きみひこ》』の欄にバツをつけながらぼやいた。

議員が新聞に選挙用新聞広告を打てる回数は法で定められている。その回数分、すべてを一紙に集中させることもできるし、各紙に満遍《まんべん》なく一回ずつ掲載することもできるので、各紙の選挙用新聞広告担当の営業マンは限られたパイを奪うため、この時期だけは必死になる。

「あれ？　露木先生もバツなんですか。確か露木先生だけは、選挙のたびにうちに出してくれてたじゃないですか」

議員個人の選挙用新聞広告は社会面に掲載されることが多いため、花村にもその程度の知識はあった。

「ダメダメ。露木先生クラスになると、うちの発行部数知ってるから。この一年でうちの部数、かなり落ちたでしょう。秘書にはっきり言われたよ。『読者が少ない新聞には載せても意味がない』って」

テレビは視聴率、新聞は発行部数がすべてだ。人が見向きもしないメディアなど、クライアントも相手にしなくなる。

「そうですか……。じゃあ、鶴沢《つるさわ》先生は？　サンカクになってますけど」

花村は一覧表の『鶴沢けいいちろう』の欄の△を指差して聞いた。

「あ、そうそう。鶴沢先生だよ」

二岡が何かを思い出したように言った。

「何です？」

「何ですじゃないよ。ほら、あの辞めた岡部さん。花村君の上司だった」

「岡部さん？　それが何か」

「何かじゃなくていいたんだよ。今朝、議員会館に」

「議員会館にいた？　何で？」

花村は久しぶりに岡部の名前を聞いて、一瞬で全身が泡立ったような気がした。

「僕が一階の受付で手続きしてたら見かけたんだ。それで急いで追いかけて『岡部さん』ってあいさつして、名刺交換したんだ」

「それで今、何を?」

「秘書やってた。鶴沢先生の」

「秘書? まさか」

「まさかじゃないよ。今朝会ったばかりだから、ほら、まだ名刺もある」

二岡が自分の胸ポケットから名刺入れを取り出し、中から一枚を取って花村に渡した。

名刺には、〈衆議院議員　鶴沢けいいちろう〉と印刷された横に、確かに〈秘書　岡部壮一〉の文字があった。どういうわけか、名刺の持ち主である秘書よりも議員の文字の方が大きかった。

「これ、議員の名刺じゃ?」

「秘書が名前を売っても仕方ないでしょ」

「なるほど。でも、名前は確かに、あの『岡部』ですね」

「そうでしょ。実は、まだ鶴沢先生の事務所には行ってないんだけど、元身内が秘書ならもらえたも同然でしょ? だからサンカク」

そう説明した二岡の話が、耳の奥で遠くなった。

――アイツが国会議員の秘書? アイツがあれだけ隠した退職の理由が、くだらねえ議員秘書になることだっただと……。

花村は怒りのあまり、わなわなと震えた。

新聞記者が政治家を志す例は確かに多いとは言えないが、ままあることだ。だから、花村にはそれはあまりにも陳腐に思えた。

新聞記者は常日頃から政治家と接し、行政マンと接する。知事や市町村長、首相や行政のトップ、国会議員から市町村議員まで、誰とでも気さくに話すことができる立場だ。繰り返しこうした人物と会っていると、政治や行政の不備を自分で正したいと考え始める記者が出てくるのは自然なのだ。

だが、中にはこうした人物と対等に話せているから、自分もその人物と対等だと勘違いする記者もいる。それどころか、こうした人物を日々批判する仕事をしているうちに、自分の方が人物としては上だと、さらに大きな勘違いをする記者も出てくる。

構造は現代のインターネット社会と同じ。何者かになった人間を、何者でもない人間が批判し、その何者でもない人間は何者かになった気分に浸る。努力して何者かになった人物に近づこうとはせず、何者かになった人物を批判して引っ張り、何者でもない自分の位置に近づけようとする。会社で言えば、上司や部下の悪口ばかりを言って、自己の存在価値を高めようとするのと同じ。そんな人間は、どこの世界にも一定数いる。

〈倉田一郎の豪腕なら、辞めた岡部さんをどっかの地方に落下傘で落として、次の衆院選で当選させることなんて、わけないはずよ〉

一年以上前、同期の山本舞から聞いた言葉が頭をよぎった。舞は今春、政治部のサブキャップからキャップに昇格していた。同期の出世頭の座はあっさりと奪われた。

政治家を志した記者がいきなり市長選などの選挙に出ることはあるにはあるが、それは余程の大物がバックについていないと、選挙にはなかなか勝てるものではない。まずはある程度力のある国会議員の秘書となり、雨の日も雪の日も政治家について回る。仕事を覚えながら政党や地域に顔を売る。下積みを十分に積んだら、世の中の政治状況にもよるが、基礎自治体の市町村議選に打って出る。そこから市町村長を目指すのも良し、都道府県議に転出して都道府県知事を狙うも良し、国政に転身するも良し。政党の中枢を目指したいからといきなり国会議員になろうとしても、それは席が決まっている以上、事前にかなりの根回しが必要になるし、それ以上に政治的な運も相当に持ち合わせていなければならない。

今回の衆院選では、岡部はまだ鶴沢の秘書だというのだから出馬はない。舞の予想は見事に外れた。だが、バックには大物と言える鶴沢がいる。鶴沢は県連では幹事長を務めているから、県内には絶大な影響力を持っている。しばらく秘書として〝雑巾掛け〟をして、次の参院選あたりに出馬するということも考えられる。

──そうか。そういや鶴沢ってのは、うちの社長と同級生じゃねえか。

鶴沢けいいちろうと房州新聞社長、大和田岩雄《おおわだいわお》は大学の同期で仲が良かったというのは、社内では知られた話だった。花村は今まで、そこに思いが至らなかった我が身の不明を恥《は》じた。と同時に、岡部は退職する前、大和田と鶴沢に根回しをして鶴沢の秘書という地位を勝ち取り、大和田なり鶴沢なりから、秘書になることを口止めされていたに違いないとの結論に至った。

──だから、あれほど頑なに退職する理由を言わなかったんだ、あの野郎！

社会正義の実現とはあまりにもかけ離れた身勝手なロビー活動。新聞記者から政治家転身という、あまりにも陳腐な発想。花村は、金欲まみれの伏魔殿《ふくまでん》、永田町を目指した岡部の〝志〟に失望した。

「花村君。あした僕、鶴沢先生のとこ行こうと思うんだけど、一緒に行ってくれない？」

二岡に話し掛けられ、花村は正気に戻された。

「え？　私が……、ですか？」

「うん。岡部さんとはほら、ちょっと前まで先輩後輩だったんだし。それなら話も早いでしょ？僕はほら、岡部さんとは今までほとんど接点がなかったから」

岡部が永田町にいる。政治家になりたかったのなら、どうしてそう言ってくれなかったのか。社会正義の実現はどこへ行ったのか。政治家になどなって何がしたいのか。目指すのは国政か地方行政か。それは、社会部を破壊してまですることだったのか。

聞きたいことは山ほどあった。

花村は、

「わかりました。あすですね」

と言うと、庶務の美代の机の裏にある冷蔵庫に行き、栄養ドリンクを一本取り出した。

――何が議員秘書だ。国政だか地方だか知らねえが、もしもアイツがカネ目当てで会社を辞めたってんなら、あの野郎、ぶん殴ってやる。

花村は窓の下の銀座の街並みを見下ろすと、ひと息で栄養ドリンクを飲み干した。

14 議員秘書

目と鼻の先に岡部がいる。

東京支社のある銀座から地下鉄丸ノ内線に乗ると、国会議事堂前駅には五分とかからず到着した。

改札を出て階段を上がると、右手にすぐ、国会議事堂が出てきた。

「国会議事堂を見たの、小学校の修学旅行以来ですよ」

花村は普段、東京の地下をうごめくモグラのように地下鉄中心で営業をしていたから、一年も東京に勤務していたというのに、国会議事堂を見ていなかった。

「用がなきゃ来ないもんね」

隣で二岡営業部長が言った。左手すぐには国会記者会館があった。岡部がかつて国会取材をしていたときに拠点としていた場所だった。後任の記者がいれば軽くあいさつにでも行きたいところだが、今は誰もいない。岡部の後は会社も不景気のあおりを受け、記者を常駐させることはできなくなっていた。

正面に首相官邸があった。

官邸での首相の囲み取材、毎日二回開催される官房長官の記者会見。日本のトップとも言える優秀な記者たちが集まる華々しい官邸でも、岡部は仕事をしていた。

「官邸取材って、どんな感じですか?」

社会部時代、花村はほんの雑談で岡部に聞いたことがあった。

「相手が首相だろうと知事だろうと、県警幹部、それこそ街の人だろうと殺人犯だろうと、取材なんて変わらねえよ」

岡部はあっさりと言った。

「首相と殺人犯は違うでしょう」

花村は聞き返したが、岡部は、

「記者は肩書に取材してるんじゃない。人間に取材してるんだ」

花村は当時は「なるほど」と思ったものだったが、今ではもう、そうは思えなかった。取材を重ねて人脈を作り、国会議員の秘書に滑り込んだ。そこから議員なり首長なりを目指す。岡部にとって、今までの数々の取材は単なる就職活動だったとしか思えなくなっていた。

「ほら、あの三つあるのが議員会館。岡部さんとは真ん中で会ったんだ。鶴沢先生の事務所も真ん中だよ」

そう言って二岡が指差した先に、豪華ホテルのような地上十二階、地下五階建てという巨大なビルが三棟建っていた。

金属探知機を通過して受付を済ませると、代議士、鶴沢けいいちろうの事務所は十階にあるとわかった。

エレベーターホールに行き、花村が空《す》いているエレベーターの前で待とうとすると、

「花村君、そっちは絶対にダメ！」

と、二岡に止められた。意味がわからず首をかしげると、二岡が『議員専用』と書かれた壁のプレートを指差した。

エレベーターホールは真ん中からきっちり二手に分かれていた。反対側を見ると、来客や業者が使う一般用の方は混んでいて、少し待ちそうだった。

「空いててもダメなんですか？」

花村が聞くと、二岡は耳元に口を寄せ、

「結構多いんだよ、特権意識で凝り固まった議員とか秘書とかってのが。僕も今、毎日来てるけど、よく見るよ、秘書にどやされてるヤツ」

とささやいた。

「議員専用ったって、そんなもの一基か二基ありゃあいいでしょう？　六基六基で十二基もあるんですよ、一般と人数が圧倒的に違うのに半分半分って、おかしいじゃ……」

花村は言い掛けると、二岡にマスクの上から手で口をふさがれた。六基ある議員専用からどこかの議員が一人だけ降りてきて、花村に怪訝《けげん》な視線を向けた。

「そんなこと、うちの議員に聞かれたら一発アウトだよ。営業なら絶対に言っちゃダメ。この街は、すべてが議員中心なんだから」

気遣いの塊のような二岡にそうささやかれ、花村はハッとした。営業なら。そう。自分は今、営業マンなのだ。記者の正義感を振りかざす立場ではない。首からぶら下げているのは記者証ではなく、『ビジター』のプレートだ。

花村は仕方なく、二岡とともに一般用の列の最後尾に並んだ。新型コロナウイルスの感染拡大のせいで、乗車には人の密集を避けるため人数制限が設けられていたが、感染拡大が落ち着くと、そんなもの誰も守りはしなかった。各階止まりでぎゅうぎゅうのエレベーターに乗っていると、自分の今の立場というものを思い知らされたような気がした。

鶴沢けいいちろうの事務所のドアは、開きっ放しになっていた。二岡に聞くと、別に換気を推奨する感染防止策で開けっ放しにしているわけではなく、普段からそうなのだという。

二岡が慣れた様子で開いたままのドアをノックし、室内に向かって「失礼します！　房州新聞です！」とあいさつした。

奥から出てきたのは岡部だった。

ほぼ一年ぶりに見た岡部は、マスクはしていたが、仕立ての良さそうなダークスーツに身を固めていて髪も短く切りそろえられ、社会部時代のボサボサ頭にヨレヨレのジャケット、汚れたチノパン姿は見る影もなく、いかにも議員秘書といった感じに変貌《へんぼう》を遂げていた。

人はたった一年でこうも変わるものかと思った花村だったが、岡部の方も流行のデザインのスーツや最新の柄のネクタイをした花村を見て、驚いたような表情を見せた。

「二岡さん、きのうはどうも。やっぱり、花村〝さん〟もご一緒でしたか」

岡部はそう言うと、二人を小さな会議室のような部屋に案内した。

——花村〝さん〟か。おれなんかはもう、身内でもなければ後輩でもないってことか。

かつてあれほど尊敬していた岡部に、今の現実を突きつけられたような気がした。確かにもう同僚でもないのだから、通常のビジネスマナーに則《のっと》って接するのは当たり前だ。だが、そうされると先輩後輩という単語は消え去ってしまい、岡部はクライアント、花村たちは単なる出入り業者になり下がる。

「本日は、鶴沢先生はどちらへ？」

二岡が聞いた。

「きょうは県連です。七区の方でちょっと、公認争いでもめてるようでして」

その話は、花村も新聞で読んで知っていた。党本部が栃木県の副知事経験者を落下傘で落としたのに、地元の市議が後出しで立候補を表明してしまい、県連と地元でどちらに公認を出すかで大げんかになっているとのことだった。

「そうですか。それで、早速ですが、選挙用新聞広告の件で……」

二岡は、房州新聞でほとんど接点がなかったからか、相手が元同僚ということを気にする様子もなく仕事の話に入った。

「大きさは九・六センチ×二段で……」

「出馬は三人ですから、規定で八回までと……」

「他社さんへの出稿状況は……」

岡部はまだ広告の出稿に同意したようには見えなかったが、二岡はさすがは歴戦の営業マンとばかりに、すでに広告出稿が決定した前提で次々と話を前に進めていた。クライアントと業者という立場で淡々と話を進める二人を見ていて、花村は二人とも知っている人間だというのに、どういうわけか自分とは別世界の人間のように思えた。

その上、自分はただの二岡の付き添い、岡部に限っての〝客寄せパンダ〟であり、いくら広告を獲ったところで自分の成績にもならない。口を挟む余地もなければやることもない。花村は営業などそっちのけで、二岡の隣にただ座りながら、すっかり変わり果てた岡部をにらむように見つめ続けた。

岡部も花村の視線に気づいたが、花村にはもう興味がないのか、すでに単なる出入り業者の若手としか思っていないのか、ただ淡々と、二岡に提示された企画書に視線を戻した。

「つきましては、何卒、告示日から連続五日間で……」

「そこは一応、うちの鶴沢に確認をした上で……」

二岡と岡部は、最後のやり取りを終えたようだった。

二人が立ち上がったので、花村も合わせて立ち上がり、「では、お願いいたします」と言う二岡に合わせて頭を下げた。営業マンとなってからは人に頭を下げることは何とも思わなくなっていたが、岡部に頭を下げるというのには少し抵抗があった。自分をこんな目に遭わせた張本人だという思いはぬぐえなかった。だが、頭を下げた。電報堂に人前で全裸踊りをさせられてからは吹っ切れた。これが資本主義社会における営業マンのあるべき姿だ。この国で偉いのは、カネを持っている人間だけだ。

鶴沢けいいちろうの事務所を出た花村は、廊下の奥にたばこのマークがあるのを見つけた。

「先輩、ちょっと僕、一服してきますんで、先に帰っててください」

たばこを吸わない二岡に胸ポケットから出したたばこを見せると、二岡は「ごゆっくり」と言って、一人でエレベーターホールに向かった。選挙用新聞広告は単価としては安いが、鶴沢事務所では連続掲載が見込めると手応えをつかんだのだろう。二岡の足取りは軽かった。どうやら〝客寄せパンダ〟の効果は少なからずあったらしい。

長い廊下を喫煙所に向かって歩きながら、花村はまた喫煙所に『議員専用』と書いてあったらどうしようと思ったが、それは杞憂《きゆう》だった。喫煙所には誰もいなかった。

いすに座ってラッキーストライクを一本くわえ、火を点けた。大きな窓の外に目をやった。天気が良い。都立高校の鮮やかな緑が目に飛び込んできた。

――一等地も一等地だな。

そう思ったとき、喫煙所の重い扉が開いた。どこかの議員だったらまずい。ドキリとしたが、入ってきたのは岡部だった。

「やっぱりいたか」

岡部はすでにたばこをくわえていた。会社にいたころと同じラッキーストライクだった。

花村はいすから立ち上がった。

岡部がポケットからジッポーライターを取り出し、真鍮《しんちゅう》の「チン」という心地良い音を響かせた。

「高そうなジッポーですね」

房州時代はいつも百円ライターだった。議員秘書はそんなに給料がいいのか。花村は皮肉を込めて言った。

「ああこれ？　会社辞めたとき、県警の鈴木《すずき》参事官にもらったんだ。餞別で」

「鈴木参事官って、あの筆頭参事官っすか？　県警の実質ナンバー2じゃないですか」

岡部から県警の話をされ、花村は一瞬で社会部時代の先輩後輩に戻ったような気がした。岡部もビジネス用の話し方をやめていた。

「それはいいが、花村がきょう来たのってのは、おれがここにいるって知って、おれを殴りにでも来たってとこじゃないのか」

岡部の洞察力は健在だった。花村はそれには特に驚かず正直に、

「ええ、まあ」

とだけ答えた。

「社会部、ダメだったか」

岡部の聞きぶりが、まるで他人事のように聞こえた。

「せんぱ……、いや、岡部さんが辞めたおかげで、三カ月と持ちませんでしたよ。崩壊っすよ、崩壊」

岡部に腹が立っていた花村は、岡部のことを先輩と呼ぶことを嫌い、〝アンタ〟とでも呼んで

やろうかと思ったが、かろうじて出入り業者の立場を守った。

「そうか。それはすまなかったな」

小綺麗《こぎれい》な身なりでゆっくりと紫煙を吐く岡部には、まるで他人事、対岸の火事のような余裕しか感じられなかった。すまないなんてひと言で済む問題じゃない。一瞬で花村の怒りの導火線に火が点いた。

「それで終わりですか？　アンタのせいでおれは左遷されたんすよ！　嶋に全責任を押し付けられ、腕章をはく奪され、社会正義もへったくれもない、ただカネのためだけに、アンタみたいな人間に頭を下げさせられているんですよ！」

裸になって吹っ切れたなんてうそだった。記者の魂はまだ、胸の中でふつふつと煮えたぎっていた。花村はこの一年、心の奥底に抑え込んできた怒りを岡部にぶつけた。

「腕章か……」

「そうですよ、こんな屈辱。それもこれも、みんなアンタのせいだ！　アンタがこんな、どこにでもいる勘違い記者みたいに、自分勝手に政治家になりたいなんて言い出さなきゃ、こんなことにはならなかったんだ。おれはな、アンタのせいで、記者として死刑宣告を食らったんだ！」

花村は岡部をにらみつけたまま、持っていたたばこを勢いよく灰皿に投げつけた。

「おれは、政治家志望の勘違い記者か」

岡部は落ち着いたままたばこを丁寧に灰皿でもみ消し、二本目に火を点けて続けた。

「花村がそう思うのなら、それでもいい。殴りたければ殴れ」

岡部がそう言った瞬間だった。花村は右拳を握《にぎ》り、岡部に向けた。左ほほに当たる瞬間、相手がクライアントだという思いが頭をよぎった。花村は一瞬、力を抜いた。出入り業者の悲しい性《さが》だった。岡部はよろけるどころか左ほほを押さえるそぶりすら見せず、立ったまま黙って花村を見つめていた。

この一年、花村は誰にも、この恥辱を、この怒りをぶつけることができなかった。ただ耐えてきた。その思いを、この世で唯一理解できるはずの人間、岡部にぶつけた。花村の感情のプールは大きく波立ち、水はあふれ出していた。

「どうして……。どうして鶴沢なんかの秘書なんだよ……。政治家になろうなんてくだらねえ、くだらねえよ……」

殴った花村の方がその場に崩れ落ちた。

それを見た岡部が、静かに話し出した。

「花村。腕章があろうがなかろうが、花村という人間は変わらねえだろう？」

「何を……」

「記者だから偉い、営業だから偉くないなんてことはない。どっちも同じ会社員で、同じ会社の歯車なんだから」

「会社を捨てた人間が、何を今さら……！」

花村は顔を上げ、岡部をにらみつけた。

「世の中には無数の仕事があって、みんなそれぞれ、誇りを持って働いている。花村もいい加減、営業を左遷先だなんて見下すのはやめた方がいい」

「何だそれ！　おれは別に、アンタにそんな優等生ぶったことを言われに来たんじゃない！」

燻《くすぶ》りかけた怒りの炎に再び油が注ぎ足されたかのように、花村は立ち上がった。

「落ち着けよ、花村。ほら、一本吸え」

岡部が自分のラッキーストライクを取り出し、一本薦めた。花村はそれを手ではたき落とすと、自分のラッキーストライクを一本取り出して火を点けた。たばこはボックスの中の最後の一本だった。

「どんな仕事にも誇りはある」

岡部はそう言いながら、床にはたき落とされたたばこを拾って続けた。

「花村がこの先、どんな部署に異動しようと、それさえ見つけられればやっていける。誇りが見つからないってのは、その仕事を見下しているってことだ。仕事を見下し、人を見下すような人間には、誰もついて来ない」

「それが何だと……」

　すると、岡部は自分のたばこを消し、

「ま、おれも誇りを持ってやってるってことだ。それだけはわかってくれ」

　と言って、喫煙所を出て行こうとした。

「ま、待てよ。じゃあ、アンタの誇りってのは何だ？　国会議員になることか？　どっかの市長になることとか？」

　花村はたばこを消して追い掛けようとしたが、今度は喫煙者の性、たばこが最後の一本だったことを思い出し、灰皿の前から問い掛けた。

　振り返った岡部は何も答えず、餞別でもらったジッポーをポーンと花村に投げて寄越した。

「それ、やるよ。かなり良いヤツだ」

　受け取ったジッポーを見ると、『思無邪』の三文字が刻印されていた。

「何すか、この言葉？」

「思い邪《よこしま》無し。論語だ」

　岡部が喫煙所の扉を開いた。逆光にさらされた岡部がまた振り返った。

「あとな、花村。また殴りたくなったら、いつでも来い。次は〝それ〟を拳の中に握って殴るんだ。お前のパンチは軽すぎる。先刻のじゃ、誰も倒せねえぞ」

逆光の中、去っていく岡部の顔はよく見えなかったが、口元だけは笑っているように見えた。

花村はたばこを口にくわえ、ジッポーを右拳に握って軽く左の手のひらにパンチを当てた。

パチーン。

狭い喫煙所に、思っていたよりも大きな音が響いた。拳は格段に重くなっていた。

「力をつけて、また殴りに来いってか……?」

岡部を殴った右手ではなく、自分の拳を受けた左手だけに、軽い痛みが残っていた。

15　緊急告発

「支社長。今度の異動で花村君、やっぱり編集さんに戻されちゃうんですかね？」

　東京支社の応接セットで、テレビを観ながら出前の天ぷらそばを食べていた二岡営業部長が言った。一ノ瀬東京支社長も向かいに座って重箱に入ったカツライスを食べていた。

　花村が東京支社に来て、まもなく二年三カ月になろうとしていた。新型コロナウイルスに関する研究も世界中で進み、蔓延《まんえん》状況が小康状態となれば、社会活動もある程度正常に近づくようになっていた。だが、人と人とが接触する機会の代表格とされる会食は依然「悪」とされ、その風潮により出前産業が活況を呈《てい》していた。本来、外回りで外食が基本の一ノ瀬ら営業マンですら、出前を利用することが多くなっていた。

「そうだね。普通、編集さんからの出向は二年が決まりだからね」

　一ノ瀬の言葉に、自席で静かに親子丼を食べていた花村の耳は〝ダンボ〟になった。食事をするときには人としゃべってはいけない。世には「黙食」という新たな単語も生まれていた。一ノ瀬と二岡は「マスク会食」を真面目にやっていて、食べ物を口に入れる瞬間だけマスクをずらして外し、食べ物を咀嚼《そしゃく》したり話をするときは必ずマスクを着けていた。花村はそれが面倒で嫌だったから、食事のときはいつも人から離れ、一人「黙食」だった。

房州新聞の定期の人事異動は毎年春と秋の二回ある。だが、花村の場合は懲罰人事で定期異動ではないイレギュラーな時期に異動していたから、半年前の定期異動には引っ掛からなかった。確かに編集からの出向は二年の決まりがあったが、半年前の定期異動だと〝懲役二年〟が〝懲役一年九月〟となり三カ月短くなってしまう。だから花村は、次の異動こそが自分が動く大本命と見ていた。

「支社長にはそろそろ打診、あったんじゃないですか?」

二岡の声に、花村の耳はさらに大きくなった。

「僕? 僕はないよ」

花村は机のパーティションの陰でずっこけた。一ノ瀬と二岡が〝永世東京支社勤務〟を希望していることは、営業マンであれば誰もが知っていた。実際、二十年も動いていないのだから、今回だって動く可能性などほぼゼロに近い。

「違いますよ。僕と支社長の話じゃないですよ。花村君、花村君」

「ああ、花村君ね。僕らが異動するわけないからね」

「そうですよ、まったく。でも一応、僕はないですよね？」

「マスク会食」にもすっかり慣れた一ノ瀬と二岡は、マスクの片耳だけを外しながら、パタパタと器用にマスクを動かしながら話している。

今の人事管理者は間違いなく一ノ瀬だ。異動があるとすれば、必ず編集から一ノ瀬に打診が行く。初めから自分の懲役が一年九月で済むとは思っていなかったとはいえ、もう二年三カ月だ。もはや、いつ打診があってもおかしくない。

「花村君もなにも、東京支社にはまだ一人も、そんな話が来てないんだよな」

——打診がない。

花村はがっくりと肩を落とした。顔が親子丼の中に入りそうになった。

——当時、会社が自分に懲役二年の判決を下したかどうかはわからないが、もう二年三カ月だ。実際の受刑者だって、模範囚なら仮釈放され刑期が短くなる。この間、特に問題は起こさなかった。営業成績はまあ、新規の顧客を獲得する必要がない部署なんだから、他の模範となるかどうかはわからないが、可もなく不可もなかったはずだ。いや、前回の定期異動で懲役一年九月で済まなかったってことは、会社は模範囚と見ていない。模範囚なら、三カ月の減刑でちょうど良かったはずだ。ならば、あのとき、会社が下した判決は懲役二年ではなく三年だったのか。まさか、今回の異動はなし、半年後に刑期満了……、いや、それだと懲役二年九月になっちまう。

まさか、今から丸々一年後ということなのか。

「でもまあ、また編集さんから変なの押し付けられてもかなわんでしょ？　それに花村君、よくやってくれてるし、別にこのままでも」

「そうですよね！　僕も花村君がいてくれるとやりやすいですし。ねえ、花村君？」

突然、二岡が花村に話を振ってきた。花村は「はあ」とだけ答えると、ヤケになって親子丼の丼を抱え、一気にかき込んだ。

東京支社のナンバーワン、ナンバー2に気に入られるなど、冗談じゃない。このままこの二人に、自分を手放さないなんて会社に言われては、たまったものではない。だが、今この時期に本社からの打診がない以上、この二人とは少なくともあと半年、そこでもまた打診がなければまた半年と、仲良くやっていくしかない。

花村は丼を台所で洗うといつもの入り口脇に置き、たばこを吸おうとエレベーターで屋上にあがった。

手の中に、岡部にもらったジッポーがあった。

『思無邪』。

思い邪無し。あとで調べたら、〝純粋であれ〟という訳になるのだということを知った。

――純粋であれったって、いつまでもこのまま純粋でいたら。あの二人はいい人だけど、バカみたいに純粋に「ハイ、ハイ」言ってたら、編集に戻れなくなっちまう。

たばこに火を点けると、花村はこれからの半年をどう過ごすべきかを考えようとした。だが、それはつまり、今の仕事を見下し、あの二人を裏切ることになる。今、編集に自分の存在をアピールして万が一口論にでもなれば、懲役三年が四年になり藪蛇《やぶへび》になることだってあり得る。

「人事は会社員の宿命……ってか？」

花村は空を見上げたが、そこに自分の宿命など見えるはずもなかった。

一服を終え支社に戻ると、応接セットの一ノ瀬と二岡が、テレビを囲んで大騒ぎしていた。

「何かあったんですか」

花村が駆け寄ると、一ノ瀬が、

「どうもこうもないよ、ほら花村君、これ」

と言って、テレビ画面を指差した。

「これ、岡部さんだろ？」

二岡の顔は、食後のせいかテレビに興奮しているのか、上気して真っ赤だった。

テレビの中に岡部が映っていた。岡部は一年前と変わらないダークスーツにネクタイを締め、カメラの砲列の前にいた。背景から、岡部は司法記者クラブにいるのだとすぐにわかった。岡部の隣には弁護士も同席していた。

「ええ、間違いないですけど、何ですかこの、〝秘書が緊急告発〟って」

花村は画面の字幕スーパーを読み上げた。

「今から緊急会見らしいんだけど、告発ってまさか、弊社の使途不明金問題とかじゃないよな？」

一ノ瀬が心配そうに言った。

「まさか。そんなゴミみたいな問題、東京の司法記者クラブで発表するわけないでしょう。しかもこれ、民放の全国ネットですよ」

バカバカしいとは思いながらも、花村は一応、一ノ瀬の心配の種を消してやった。

「もう始まりますね」

二岡がそう言って画面を見つめたので、花村はテーブルの上のリモコンでテレビの音量を上げ、正面のソファに腰を下ろした。一ノ瀬と二岡はまだ自分の会社への心配が消えていないらしく、テレビの両脇に相撲の露払い役のように座って顔を近づけた。

〈えー、私は衆院千葉十八区、鶴沢けいいちろうの秘書、岡部壮一と申します。本日はお忙しい中お集まりいただき……〉

テレビの岡部が話し始めた。

花村には今、何が起こっているのか理解できなかった。告発といえば不正だが、これから政治家になろうという岡部が一体、何を告発しようとしているのか。告発によって政治家への道が開かれるとでも言うのか。そんな不正とは一体何なのか。岡部の冒頭のあいさつが終わった。

〈私は、雇い主でもあります衆議院議員、鶴沢けいいちろうを、贈収賄容疑で告発いたします〉

画面の岡部に、一斉にカメラのフラッシュが焚《た》かれた。テレビに〈鶴沢衆院議員を刑事告発〉との字幕スーパーが映し出された。一ノ瀬と二岡は告発の対象が房州新聞でないとわかると、胸をなで下ろしたようにソファに深く沈み込んだ。

花村の頭は混乱していた。鶴沢を告発すれば、岡部自身もその地位を失う。当然、政治家への道は閉ざされる。ならばなぜ告発するのか。すでにその贈収賄容疑とやらが表に出そうになっていて、例の如《ごと》く鶴沢は「すべて秘書がやりました」とする方針を固めた。だから岡部は、すべて自分の責任にされる前に、先手を打って告発した。先に泥舟を降りて、政治家への別の道を探ろうとでもいうのか。

岡部はまず、隣の弁護士と協力して作ったであろう告発状の朗読を始めた。その内容は、驚くべきものだった。

国が進めるＩＲ（統合型リゾート）計画にからみ、三年前、ＩＲ議連に所属する鶴沢が、千葉県の幕張地区への進出を目論む中国企業から接待を受け、三百万円の賄賂《わいろ》を受け取っていた。

告発状を読み終えた岡部は、

〈以上、告発状に記載した事実は、まずはこの一点ですが、実際に贈収賄が行われたとみられる

期間は三年あります。鶴沢がその三年間で政治資金収支報告書に計上できなかった、いわゆる〝裏金〟はこれになります〉

と言って、机の下のカバンから一千万円の札束を五つ取り出し、机の上にドーンと置いた。無数のフラッシュで画面が真っ白になった。一ノ瀬と二岡が「おおっ」と歓声をあげた。おそらく、この会見を見ている国民も、一ノ瀬たちと同じように画面に釘付けにされているに違いない。花村の知る限り、今までに見たことがない、前代未聞のパフォーマンスだった。

〈幹事社の東洋新聞竹内《たけうち》ですが……〉

会見が記者団の質疑に移った途端、画面はワイドショーのスタジオ風景に変わってしまった。花村は慌てて別のチャンネルに変えたが、どの局もメインの報道は終えたと判断したようで、同じ対応だった。

「凄いですね、岡部さん」

「あの札束ドーンってのは驚いたね。いやあ、弊社じゃなくて良かった」

二岡と一ノ瀬はそう言い合いながら立ち上がると、「さ、仕事仕事」と声を合わせて外回りに出て行った。

――三年前の収賄……？　それってつまり、社会部在職時代ってことだよな。どういうことだ。花村は今すぐにでも、司法記者クラブに走って行って会見に出席したいと思った。聞きたいことは山ほどある。あんな、会ったこともない東京の司法担当記者などより、よっぽど的確な質問ができる自信がある。質疑だって、岡部が何をどう答えたのかが気になる。だが、自分は新聞社に在籍しているとはいっても、記者腕章のない一介の営業マンだ。それは許されることではない。ならば会見出席者に聞くしかない。

ふと、花村の頭の中に、テレビ中継の最後で音声だけが聞こえた、『東洋新聞の竹内』という名前が浮かんだ。同姓かもしれないが、東洋の竹内なら社会部時代、千葉にいた。あらゆる事件現場で一緒になり、同じ年齢ということもあって一回だけ呑みに行ったこともある。千葉の社会部から東京本社社会部なら異動の黄金ルートだ。あの竹内に違いない。花村は自分のスマートフォンを開いた。電話帳に『東洋・竹内記者』の電話番号が残っていた。

頃合いをみて電話を掛けてみると、テレビの竹内は果たして、千葉にいた竹内だった。

大手紙だからと地方紙を見下す、いけすかない男だった。司法記者クラブなら裁判はすべてきっちり時間が決まっているし、検察回りだって警察を相手にするのと違うから大して忙しくないだろうと思ったが、竹内にはやはり、

〈東京は忙しくて大変だよ。そっちは相変わらず暇そうで〉

と、嫌味を言われた。それでも、

「同じ東京勤務同士、久々に一杯どうだ？」

と誘ってみた。政府の緊急事態宣言も解除されていたし、花村自身、久々に酒を呑みたいという気もあった。すると、竹内はきょうのきょうだというのに快諾した。やはり、大して忙しくないのだ。もしかしたら、新型コロナのせいで竹内の方も酒に飢えていたのか。

花村は、竹内に少しでも見栄を張ろうと、場所を電報堂の馬来田に教わった銀座のショットバーに指定した。

竹内は相変わらず、三十分遅れて来店した。記者業界では「忙しいほど優秀だ」という風潮があって、飲み会を開催しても八割がわざと遅刻して来る。先に待っていた記者は「何書いてたのよ?」などと聞き、遅刻した記者は、忙しくもなく記事も書いていないというのに「そんなこと言えるはずないでしょう」などとけん制し合うのが常だ。

「いやあ、すまん。例の事件が押しちゃってさ」

竹内がそう言いながら、カウンターで先に待っていた花村の横に座った。〝例の事件〟は竹内の常套句《じょうとうく》で、こちらが「何の事件?」と聞いても、竹内は毎回、「言えるわけないだろう」と言う。実際、百人からいる本社社会部で、竹内はきょう、岡部の会見に出席したのだ。岡部の会見の記事の執筆以外、大した仕事などありはしない。

「いや、こっちこそすまん。急に呼び出しちゃって」

花村は〝例の事件〟など聞かず、「何にする?」と注文を促した。

竹内がビールを頼んだので、花村は先に注文し少し残っていたビールをひと息で呑み干し、以前、岡部に教わったマルスのダブルをロックで頼んだ。

すぐに酒が来て乾杯を済ませると、竹内の方から、

「何、花ちゃん。今、こっちで営業やってるんだって?」

と、当然のようにマウントを取ってきた。

竹内は千葉にいた当時、岡部に散々、特ダネを抜かれまくったはずだ。それも見下すべき対象である地方紙に。そこのサブキャップが今、さらに見下すべき営業に左遷させられているなどという話は、竹内にとって痛快この上ないことのようだった。

だが、今はそんな恥辱などどうでもいい。岡部の会見だ。あれは一体、何だったのか。岡部の真の狙いは何なのか。恥辱に耐えてでも、それを聞かなければならない。だが、花村にもプライドはあったから、

「まあ、岡部さんも昔、広告局にいたからな」

と、岡部の名前を出した。

「へえ。地方紙って大変だね、いろんなとこやらされて」

竹内が満足そうにビールでのどを鳴らした。

「それであの会見。テレビだと冒頭で終わっちまったんだけど、あのあと岡部さん、何話したん

だ?」

「あのあとって言われたって、おれ会見に出てたんだから、どのあとかわからねえよ」

相変わらず面倒くさい男だ。会見の冒頭といえば質疑の前までだということは記者の常識だというのに、竹内はわかっていてわざとそう言った。

「お前、幹事社で冒頭質問したろ? あれ、放送には流れなかったんだけど、一体、何聞いたんだ?」

「あ、あれか。あれはほら、会見者が岡部さんだったろ。おれも見た顔だったからびっくりしてさ。だから、岡部さんの経歴を説明させたんだ。資料になかったからな。〝元房州新聞記者〟ってわかった途端、何人かの記者が帰ったよ。そりゃそうだよな。他紙の元記者の手柄なんか、報道してやる義理なんてこっちにはねえんだから」

「まさか、お前もそこで帰ったのか」

「おれ? おれも本当は帰りたかったんだけどね、一応最後まで残ったよ。幹事社じゃ帰れねえだろう」

花村は、竹内がまさかの途中退席をしていなかったと知り、ホッとした。記者クラブに加盟する各社持ち回りの幹事社は、会見を仕切らなければならない立場だから、途中で帰れるはずがない。

「で、結局あの会見って、お前から見たらどうなんだ？」

「そうね……。東京地検特捜部が告発を受理すれば……」

「何だ、まだ受理してねえのか」

「あしたわかる」

「で、受理すれば？」

「……政界激震」

「政界激震？　そんなでかいネタなのか」

「花ちゃんも観たんでしょ、テレビで。現ナマ五本」

「ああ、観た」

「鶴沢だけで五千万。まあ、カネに色は着いてねえんだから、あれが本物の裏金なのかどうかはわからないけど、事実だとすりゃあれほどの額だ、政界は激震だろう」

「お前はあのカネ、偽物だとみているのか？」

「岡部さん、会見で裏帳簿も提示したから、まあ間違いないとは思うけど、それを疑うのが記者ってもんだろう。あ、花ちゃんはもう、記者じゃねえのか」

「おれはいいから。それで？」

「それにおれは知ってるからな、房州がうちの給料の半分だって。単なる政治的パフォーマンスのためだけに五千万なんて大金、安月給だった岡部さんが簡単に用意できるはずがねえだろう。退職金だって中途退社だ、せいぜい数百万円ぐらいなんだろ？　銀行だって、たかが政治家秘書一年やそこらの人間にポーンと五千万なんて大金、貸すはずねえしな」

岡部の秘書歴は少なくとも二年はあり、会見でもそれを確認したはずだったが、竹内はわかっていてそう言ったのだろう。

「政治的パフォーマンスか。ってことはあの人、会見でこのあと、どっかの選挙に出るとか言ったのか？」

「言ってねえよ。それはおれの〝読み〟だ。あれだけのパフォーマンスをしたからには、選挙目的の売名行為を疑うのは当然だ」

――お前の推測なんて聞いてねえよ。

花村は竹内の話し振りにイラつきはじめ、一旦ウイスキーのグラスを大きく傾けた。すると竹内が、思わぬことを言った。

「それにあの人、前に鶴沢を助けたことがあっただろう」

「鶴沢を助けた？」

「お前、覚えてねえの？　何年か前にあっただろう、鶴沢が失言したことが」

警察ばかりを追ってきた花村にそんな記憶はなかったが、話の腰を折らぬよう、あいまいに

「ああ」と答えた。思惑通り、竹内が話を続けた。

「おれがまだ駆け出しだったころ、鶴沢がどこだかの演説で県連の女幹事長のことを『顔はガマガエルだが優秀だ』って言ったから、おれはそれを書いたんだ。ルッキズムなんて即糾弾されるべきだからな。それなのにあの人、発言自体は書くには書いたんだが、『発言の真意は、県連代表選挙をにらんだ実質的な後継指名とみられる』なんて書きやがった。そのせいで糾弾ムードなんて一気にたち消えだ。おれだってあの後、女性団体を取材して一大キャンペーンを張ろうと思ってたのに、全部ぶち壊しだよ」

――あの人が記事で、鶴沢に恩を売った……？　いや、発言自体は書いたのか。

花村は一瞬だけ考えたが、実際に鶴沢を告発している以上、それほど関係はないと判断し、

「で、告発内容ってのは、真実なのか？」

と、話を前に進めた。

「花ちゃんも営業行って鈍ったなあ。そんなの、わかるわけないじゃない。それをこれから取材かけて、真偽を確かめるってのが記者だろう」

「おれの営業うんぬんはわかったよ。で、あのネタ、三年前だったろ。岡部さん、会見では記者時代にあのネタはつかんだって言ってたのか」

「ああ、そんなこと言ってた。そんな大ネタ持ってたら、記者なら普通、書くだろ？　本当、バ

カだよな、あの人。だからおれ、何で記事にしないで秘書になったんだって質問したんだ」

「そ、そしたら?」

「そしたらあの人、一瞬固まったんだけど、要はあの現ナマをきょうあの場で、ドーンと出したかったんだとよ」

「何だ、それ?」

「いや、岡部さんが言うには、きょう鶴沢に、あの裏金を党本部に持っていくように指示されたんだと。証拠はねえんだが。それで党本部に持って行かずに緊急会見を開いたんだと。そのために秘書になって、きょうのタイミングをずっと待っていたんだとよ」

「そんなバカな……。あんなパフォーマンスのためだけに、二年間も秘書やってたって言うのか?」

岡部は三年前に記事を書かなかった。その理由が単なるパフォーマンスのためだとはとても思えなかった。

「そんなことおれに言われても知らんよ。おたくの元キャップだろ? そんなもん、本人に直接聞いてくれよ」

それでも食い下がって詳しく聞くと、会見で岡部は、この三年間で集めに集めた証拠のごく一部を開示した。その中には、中国企業側の日本進出のための計画書にはじまり、鶴沢が中国企業と面会したときの記念写真、電話の音声データ、裏帳簿もあった。日本のＩＲ計画では、カジノは総敷地面積の三パーセントまでと規制されているはずだったが、中国側の計画書をみると、三パーセントに当たるカジノ単体の施設は敷地の端の方に少しあるだけで、大半がバカでかいホテルで占められていた。ホテルには当然のようにカジノが入っていて、幕張の街がまるでアメリカのラスベガスのように変わり果てていた。岡部が出した音声データでは、鶴沢が中国企業に対し、〈ホテル内に規制を入れなければええ。そうすりゃ、ホテルはホテルの中に自由にカジノを作れる〉と大風呂敷を広げる様子がはっきりと聞き取れたという。

　きょうのきょうだけあって、竹内の話は新鮮で生々しかった。

「……凄《すげ》えな、あの人」

　花村は、岡部の社会部時代と変わらない〝取材力〟に感心した。

　だが、竹内の次の言葉が、花村をさらに驚愕させた。

「凄いのはこれからかもしれない。実はな、花ちゃん。あの人はまだ、二の矢、三の矢を持ってるらしいんだ」

「二の矢、三の矢だと？」

「ああ。おれ今、幹事社だろ。会見直前に、実は岡部さんから相談があったんだよ」

「事前に相談？　お前先刻、会見で岡部さんの顔見て驚いたとか言ってたじゃねえか」

「え？　そんなこと言ったっけ？」

「まあいいや。それで、事前の相談ってのは会見の段取りってことか」

「まあ、そうなんだけど、岡部さんが言うには、今回の会見を受けて、実際に取材に入るマスコミもいくらかは出てくるだろうってんだ。それで少しでも世論が高まったら、もう一度会見を開いて、新たな疑惑を明らかにするとのことだ」

「新たな疑惑？」

「そこまではさすがに話してくれなかったけどな。だから、頃合いを見て、また会見を開きたいんだそうだ」

――裏金が政党に入るのを阻止した岡部さんだ、新たな疑惑は政党がらみと見ていいはずだ。しかし二の矢、三の矢とは。これはいち秘書のやり方じゃない。大きなネタをつかんだときのマスコミの手口だ。マスコミはこうした場合、一度にすべてのネタを出し切らず、小さなネタを小出し小出しにして世論を高めていく方法を取る。だとすれば、岡部さんがつかんだネタというのは、単なる鶴沢一人の贈収賄事件じゃないのかもしれない。政界激震……。まさか、岡部さんはたった一人で、政権を揺さぶろうとでも思っているのか。

花村が質問をやめ頭の中で考えをめぐらせていると、隣で竹内が小バカにしたように「ところで営業ってどうなんだ？」、「営業って大変だろう？　やったことねえけど」などと聞いてきていたが、花村の耳にはほとんど入ってこなかった。

16　ブリューゲルの遺言

政界が、揺れた。

東京地検特捜部が告発状を正式に受理すると、各マスコミの報道は一斉に熱を帯び始めた。全国紙や全国ネットのテレビ局はさすがの取材網を持っていて、猛烈な取材攻勢をかけ、ＩＲ議連の議員のうち五人が鶴沢と同じように中国企業から接待を受けていたことを突き止めた。鶴沢はじめ六人の国会議員たちは連日、しどろもどろの釈明を続け、世論は一気に六人の議員辞職へと傾いた。

一方、嶋キャップ率いる房州新聞社会部は、東京に取材拠点がないどころか検察取材のルートも持ち合わせず、議員取材のノウハウすらわからなかったから、東京を舞台にした取材合戦には手も足も出せなかった。

鶴沢は本県選出の国会議員であり、贈収賄の舞台は千葉の幕張。地元紙としてはどうしても取材しなければならない事件だと言えたが、嶋はただひたすら、社内で「あんなものは東京の事件だ」と言い続け、取材自体を完全に放棄した。肝心の紙面はすべて通信社の配信記事で埋め、所々に党県連幹部の反応などを数行程度書き加えることでお茶を濁した。自分で汗を流さずにそれらしい紙面をつくる、姑息《こそく》としか言いようのないやり方だった。

テレビでは岡部のことを〝元記者〟としか紹介しなかったが、インターネット上ではすでに、岡部が房州新聞の元記者だと突き止められていた。それを見て房州新聞発の大スキャンダルだと思い紙面を手にした読者の期待は、嶋のお茶濁し紙面にことごとく裏切られ続けた。

岡部は最初の会見から一カ月の間を開けて、二度目の会見を開いた。

岡部は、中国企業から依頼された鶴沢が、カジノ誘致に積極的な五人を中国側に引き合わせたという構図を明らかにし、鶴沢が五人を電話で呼び寄せた際の音声データを公表した。さらに、鶴沢の続報として、鶴沢が千葉の文化財団の理事長をしていたことを明かした上で、この財団が事実上、鶴沢の資金管理団体と化していたことも暴き出した。

同時に、岡部は鶴沢の余罪と合わせて六人分の告発も発表した。

だが、この会見自体は、マスコミに与えたインパクトとしては薄かった。すでに六人の名前は大手紙の報道で出ていたし、岡部が告発しようがしまいが、すでに検察は動き出していたからだった。

それでも、関係者は違った。

鶴沢はじめ六人の議員はこの会見を受けるように一斉に政党を離党し、あちこちの病院に分散して入院した。マスコミの前から姿を消し、一切の口を閉ざした。

このため、地検の捜査は困難を極めた。

六人の議員が同時に入院するなど、よほど悪性の伝染病か同じ車に同乗した交通事故でもない限り、疫学《えきがく》上あり得ない。流行していた新型コロナウイルスであればあり得ることではあるが、そうであれば国への報告義務が伴うから、仮にも国会議員であればうそがつけない。だから、六人は個人情報を盾《たて》に病名を公表しなかった。入院を盾に雲隠れするこの政治家の見え見えな〝お家芸〟をマスコミは批判し続けたが、六人はそれから三カ月間、それぞれの選挙区にある支持母体の大病院の特別室にこもり続けた。


花村は、岡部がこれまでに開いた二回の記者会見の新聞記事をすべて集め、日々、岡部の真の狙いは何なのかを考えていた。

――確かに鶴沢以外の五人は選挙区が他県だが、房州新聞を辞めなければ暴けなかった不正か？　秘書にならなきゃ集まらなかった証拠もあるにはあるんだろうが……。一回目の会見の証拠は裏帳簿か。裏帳簿は決定的だが、そんなものなくたって報道はできる。徹底的に取材をかけて関係者の証言を積み上げていけばいいだけだ。二回目の会見だって同じはずだ。房州新聞の記者として、紙面で六人の不正を暴くことだってできたはずだ。じゃあ、なぜ……。

来る日も来る日も考えたが、行き着く先は「なぜ会社を辞めたのか」だった。

岡部本人に直接聞くしかない。そう思って一度だけ電話をかけたことがあった。だが、ツーッ、ツーッと話し中となるばかりだった。

岡部はすでに時の人だった。あらゆるマスコミからの取材対象者となり、連日ワイドショー番組に招かれ、事件に関するコメントをするようになっていた。

岡部はもう、花村の電話にワンコールで出る岡部ではなくなっていた。着信を見ても折り返しすらなかった。花村の手の届かない、遥か遠いところへと行ってしまった。

——きょうもまた、電報堂回りか。キャップとサブキャップだったってのに、どこでこんなに差がついちまったんだ。

新型コロナウイルスの蔓延も落ち着き、再び戻った空気の薄いぎゅうぎゅうの満員電車に揺られながら、花村はマスクの下で、水面で口をパクパクさせる金魚のように天井を見上げながら思った。

本も新聞も読めなければ、スマートフォンを触ることすらできない。手を下げていれば痴漢を疑われるから、常に胸にカバンを抱えて両手を他人から見える状態にしておかなければならない。

できることと言えば、中吊《づ》り広告を見ることだけだった。

カネのために毎日毎日、下げたくもない頭を下げ、社会正義を追うことすらさせてもらえない。息苦しくて身動きすらできない今の状態が、会社での今の自分の立場と重なった。

〈どんな仕事にも誇りはある。それさえ見つけられればやっていける〉

岡部の言葉がよぎった。

――何も悪いことしてねえのに、懲役三年だぜ？　懲役に誇りなんてあるわけないだろうが。

花村が自嘲《じちょう》気味に笑うと、脂っこいおっさんを挟んだ向かいのＯＬがマスク越しでもわかる嫌な顔をした。花村は慌てて目を逸らした。

視線の先に、「ブリューゲル展」と書かれた中吊り広告があった。

――ブリューゲル展……？　そういや、あの岡部さんにもらった絵葉書、絞首台のヤツって確か、ブリューゲルだったっけか。

ちょうど会期中で、会場は東京・上野の美術館となっていた。

――どうせ大した仕事もないし、のぞいてみるか。

花村は東京支社に着くと、新型コロナの余波で完全予約制となっていた美術館をネットで予約した。ホワイトボードの予定表に「上野→電報堂」と書き込み、指定時間を見計らって支社を出た。

美術館は平日の午前中だったのもあるのだろうが、予約制のおかげでかなり空いていた。もともと理系だった花村は、絵画展に足を運ぶのは初めてのことだった。

そんな花村でも、入り口の大看板になっていた『バベルの塔』の絵は、美術の教科書か何かで見たことがあった。天を衝《つ》く巨大な塔を作る人間たちを描き、神をも畏れぬ人間の愚行を描いた大作だった。

――あの絞首台の絵って、これ描いた画家と同じだったのか。

チケットを買うと、音声ガイドはどうするかと聞かれた。よくわからなかったので断った。

会場に入ると、画家のプロフィールを説明するパネルがあった。

〈ピーテル・ブリューゲル。一九二五か三〇年から六九年。十六世紀中ごろに初期ネーデルラント（現在のオランダ、ベルギーの低地国）の中部、ブラバント地方のアントウェルペン、ブリュッセルを中心に活躍した北方ルネサンスの画家〉

パネルには画家の肖像もあった。長い髭《ひげ》をたくわえ、ベレー帽のようなものをかぶった老人のような横顔だった。知識のなかった花村は頭の中で、ブリューゲル以上に有名な万能の天才、レオナルド・ダ・ヴィンチの肖像と重ねた。

小品を何となくながめながら会場の奥へと進んで行くと、にぎやかな中世の農村のような作品が目に入った。いや、にぎやかと言うには村人が多すぎる。亭主に青いマントをかぶせる妻、壁に頭を打ちつける男、水の中に足首まで入って水面に太陽が映ったのを怒っている男。混沌《こんとん》と言った方が正しいような気がした。縦横一メートルを超える比較的大きな作品で、タイトルを見ると『ネーデルラントの諺《ことわざ》』とあった。解説文を読んで、この作品にはなぜこんなにもたくさんの村人が描かれているのか納得できた。それぞれはタイトル通り、ネーデルラント地方に伝わる諺が表現されているとのことで、マントの妻は「だます」、壁の男は「成功しない」、水の男は「他人の繁栄をねたむ」といった意味があるらしい。こうした諺がこの絵一枚だけで百余りも表現されているとのことだった。

花村は冒頭の『バベルの塔』の意味を思い出した。人間の愚行。それぞれの作品には、何かしらの意味があるということだろう。ブリューゲルには農民画家という異名があるとパネルで紹介されていたが、花村はそのひと言で片付けられないような、ブリューゲルの知性というものを感じた。

――こういう絵ってのは、ただ観て「きれい」とか「うまい」とかじゃ済まないのか。音声ガイドってのを、借りときゃ良かったな。

花村は後悔しながら、農民の日常を描いたような作品や奇怪で幻想的なモンスターが描かれた作品などを楽しみながら、どんどんと奥へと進んだ。

すると、この展覧会のメインなのだろう、厳かに『バベルの塔』が姿を現した。一一四×一五五センチ。一五六三年の作品だという。

花村はもっと大きな作品を想像していたが、思っていたよりも小さくて驚いた。それでも、絵の持つ力には圧倒された。キャンバスいっぱいに描かれた巨大な塔、アリのように働く豆粒よりも小さな無数の人間たち。塔はまだ建設途中らしく、上層階の壁はまだ未完成で、内部が露見していた。

——あれ、こんなんだったっけ?

学校の美術の授業で通り過ぎただけという程度の記憶ではあったが、『バベルの塔』はもっと完成品に近いような形をしていなかったか。花村は少しだけ違和感を覚えた。

だが、その違和感も解説文で氷解した。解説文には花村が授業で見た、上層階まで外壁がきれいに作られた、もう一枚の『バベルの塔』の写真が掲載されていた。

——もう一枚あったのか。

納得した花村は、ふと顔を横に向けた。

そこに、見覚えのある小品があった。

『絞首台の上のカササギ』だった。

四五・九×五〇・八センチ、一五六八年の作。

絵葉書の雄大な自然風景から、花村はよほどの大作を想像していたが、これも『バベルの塔』同様、見事に裏切られた。

美しい風景や荘厳な宗教画、威厳に満ちた肖像画……。絵画は単純に、そこに飾って楽しむものと思っていたが、この作品は違った。

絞首台の上にちょこんと止まるカササギ。死の象徴たる絞首台。その下で踊る農民。ここまでブリューゲルの数々の作品を鑑賞してきた花村には、単純に日常風景を切り取った作品ではないと確信できた。

だが、絵画に対する何の知識もない人間がそんなことを考えたとて、この絵に込められた意味などわかるはずがなかった。

花村は大人しく解説文を読んだ。

〈この絵の持つ意味は、まだよくわかっていない〉

——当時ならともかく、現代の技術をもってしてもいまだ解明できていないものがあったのか。

花村は最初の一文に驚いた。

さらに読み進めた。当時のネーデルラントは魔女裁判や異端審問が激しく、そんな中でカササギは、耳障りでやかましい鳴き声から「悪魔鳥」などとされ、魔女を告発するいやらしい告げ口屋という扱いだった。片や農民たちはというと、ネーデルラントの諺に、「絞首台の下で踊る」、

「絞首台の下で糞をする」とがあり、どちらも「傍若無人」の意味なのだという。

小さな絵葉書ではよくわからなかったが、実物を観てみると、確かに楽器の音色に合わせて踊る農民たちの中に、排泄《はいせつ》する者の姿があった。

——岡部さん、何がカチガラスだよ。絵の意味、全然違うじゃねえか。

そうは思いながらも、花村にはやはり、解説文を読んでもこの絵がどういう意味を持つのかがわからなかった。

この作品は画家最晩年のものとのことで、解説文の最後に、

〈ブリューゲルは、遺言でこの作品を妻に贈った〉

と書かれていた。

——そういや、ダ・ヴィンチって確か、死ぬまで『モナ・リザ』に筆入れてたって、有名な話だよな。だとしたら、ブリューゲルだって、この絵に相当重要な意味を込めたってことか。死ぬ間際に妻に託したってぐらいなんだから。

花村は、画家の真意はともかく、この絵を気に入って仕事場で毎日ながめていた岡部が、絵葉書を自分に託したことに何らかの意味があったのではないかと考え始めた。

東京支社に戻ると、机の上に見覚えのある紙が置いてあった。

始末書だった。

「一ノ瀬支社長、これは……」

応接セットでくつろぐ一ノ瀬支社長が新聞を読みながら、

「先月のノルマ、少し足りてなかったぞ」

と言った。向かいの二岡部長も、

「よくあることだよ」

と言って、テレビに視線を送った。

――営業でも始末書かよ。

花村はペンを執り、編集時代にすっかり書き慣れた始末書の空欄を埋めていった。

（ノルマ不足なんてやっぱり営業、向いてないのかもしれませんね）

二岡のヒソヒソ声がはっきりと聞こえた。

〈事故内容〉の欄に差し掛かったとき、体中にどういうわけかゾワっという電流が走ったような感覚がした。

記者時代に感じた、アドレナリンが走ったような懐かしい感覚。特ダネになりそうなネタをつかんだときに、いつも感じる感覚だった。

17　壁耳

六人を逮捕すべしという世論の高まりは、最初の会見から半年近く経っても止むことはなかった。慎重な捜査を進め、ありとあらゆる証拠を集めた地検は、世論に押されるように、六人の任意での聴取に踏み切った。

いよいよ六人の逮捕が間近に迫ったと思われたこのタイミングで、岡部は三回目の記者会見を開いた。

政治家が六人も絡んだ贈収賄事件。そのきっかけを作った岡部の会見とあって、三度目ともなると会見場に入りきれないほどの記者が集まった。

ここまで事件が大きくなれば、他社ももはや岡部が元房州新聞記者だから報じたくないなどと言っていられない。岡部自身、自らの経歴を隠さずワイドショー番組にも出続けていたから、岡部の知名度というものもかなり高くなっていた。

この頃になると、岡部の肩書は『議員秘書』から『元議員秘書』に変わっていた。当然、鶴沢の秘書のままではいられなくなった。房州新聞社会部は依然、この日もこれまでも東京まで取材には来なかったが、キャップの嶋は、通信社が〈元秘書の岡部氏は……〉と書いて配信してきた記事に〈元本紙記者の岡部氏が告発〉などという大見出しをつけ、手柄をわが物とするかのように姑息に掲載し続けていた。

会見が始まると、岡部はこうしたタイミングを待っていたかのように、この事件のすべての構図を暴き出した。

「この事件の中心は菅野《かんの》官房長官です」

岡部の冒頭の発言が、会場を大きくざわつかせた。

鶴沢の上に、官房長官がいた。鶴沢は贈収賄事件のトップではなかった。政治家六人の贈収賄だって他に類を見ない事件だというのに、それが政界を揺るがす大スキャンダルへと変わった瞬間だった。

「中国企業を鶴沢に引き合わせたのが、官房長官本人です。その確たる証拠がありますので、今から皆さんにお聞かせします」

岡部の隣の弁護士がノートパソコンにスピーカーをつないだ。鎮《しず》まり返った会場に、パソコンの中の音声データが流された。冒頭は日時と場所で、岡部の声だった。

〈鶴沢先生、きょうはお呼びだてしちゃってすいませんね〉

菅野官房長官の声だ。

〈いえいえ、大丈夫ですよ。何ですか突然。まさか入閣ですか？　ひっひっひ〉

下品な笑い声は間違いない、鶴沢議員の声だ。

〈それはまあ、今回の話がうまくいったらってことで。いやね、ちょっと先生に会ってほしい人がいるんですよ。これがリストなんですがね〉

菅野が懐からペーパーを出すような音がした。

〈ほう。ホテルリゾートの会社ですか。中国系ですか。すると、例のＩＲで？〉

〈さすが先生、良くわかってらっしゃる。ちょっと三社もあって大変なんですが、皆さん、非常に良くしてくれますので、会っておいて損はないと思いますよ？〉

〈そうですか。〝非常に良く〟してくれますか。ひっひっひ〉

〈先生が〝お試し〟になられたら、順次ＩＲ議連の先生方にもご紹介ください。これで我が国も、ＩＲ実現に一歩近づきます〉

〈議連も。さすがは官房長官殿。国会の円滑運営は、官房長官の務めですからな。ひっひっひ〉

そこで音声データが終わった。会場のほとんど全員じゃないかという記者たちが一斉に挙手をした。

「音声の二人が菅野官房長官と鶴沢議員だという証明は？」

「音声データはすでに、音響研究所に鑑定を依頼いたしまして、本人とほぼ一致するとの証明をいただいております。鑑定書はこの後、皆さまにコピーしたものをお配りいたします。それでも信用できないということでしたら、音声データのコピーをご提供いたします。こちらは保存メディアが限られておりますので、希望社のみのご提供となります。データに関しては各自、独自にお調べいただいて構いません」

「この事件のいわゆる〝主犯〟というのは鶴沢議員ではなく、菅野官房長官だということか？」

「音声データの内容からそう捉《とら》えていただいて結構です。私もこの後、即座に東京地検特捜部に追加の告発状を提出いたします。当然、菅野官房長官の名前でです」

「告発したら証拠品はどうなる？」

「当然、地検にはすべての証拠品を提出いたします」

「音声の中で菅野官房長官は『三社』と言っているが、贈賄側が三社もいたということか？」

「その通りですが、私には当然、捜査権限がございませんので、そこから先は地検の捜査となります」

「菅野官房長官が示したペーパーはないのか？」

「鶴沢はペーパーは処分したようです。私もできる限り捜索いたしましたが、少なくとも議員会館や地元の事務所などには見当たりませんでした」

「鶴沢が三社とアポイントを取ったメールの記録はないのか?」

「ございません。鶴沢はパソコンやスマホの操作が不得手でメールができません。ですので、アポイントはすべて電話で直接しておりました。通話記録等は私から皆さまにご提供できませんが、地検の捜査であれば簡単に入手できるものと考えております。ですが、先ほどの音声データと同様、私が録音した音声データはございます」

岡部は一問一答形式で、さまざまな記者たちが次々とぶつけてくる質問に、流れるように答えていった。

これまでに岡部が開いた三回の会見すべてに連続して出席していなかった記者の方が多く、中には質問が一回目の会見に戻ることもあった。

「そもそも、この事件の端緒、事件を知ったきっかけは?」

「私は房州新聞におよそ四半世紀在職したわけですが、ずっと社会部畑にいたわけではございません。ある部署に異動していたときに知ったというのが正しいのですが、今や私は房州新聞の社員でも何でもありません。端緒をお話しすると、房州新聞の業務内容の暴露になってしまいますので、何卒ご容赦ください。記事では『房州新聞在籍時に、数年かけて調べ上げた』という表現に留めていただければと思います」

辞めた社員が過去に在籍していた会社の内情を暴露するというのはあまり好ましくない。岡部の丁寧な答弁に、質問した記者も納得した。

するとと、ある質問に対してだけ、一問一答形式にならないときがあった。

「音声データはどうやって入手したのか？」

「〝壁耳《かべみみ》〟です」

「壁耳？」

耳慣れた単語を聞いた記者が、思わず聞き返した。

「はい。壁耳です。いくら議員秘書でも、政権の中枢にいる政治家同士の密会の場には入ることはできません。ですが、私には政治記者の経験がございます。政治記者なら誰しも壁耳はやったことがあると思います。密室の中で取り交わされる話を聞こうと衆院議長室のドアに耳をつけたり、党の政調だの部会だので紛糾する中の様子に聞き耳を立てたり。あれです。ただ私は、今は記者ではありませんので、聞いて書くだけではどなたも信用してくれません。ですから私は、壁耳をしながら、集音マイク付きのＩＣレコーダーで録音しました。いくら優秀な官邸記者クラブの皆さんでも、官邸の官房長官の部屋の前までは行けません。ですから、申し訳ないのですが、この証拠は秘書でないと入手できない。そういう性格のものです」

岡部の受け答えは、どこかの政治家のように論点をすり替えたり、どっちとも取れるような回答をせずはっきりと答えていたため、会見はスムーズに進んだ。壁耳発言の後もさまざまな質問が飛び交いはしたが、会見自体が紛糾するような場面は一切なかった。

証拠自体も、告発状が受理されてしまえば地検に提出しなければならいから、岡部自身にもどうしようもなくなる。だから岡部は毎回、自分が証拠をまだ自由に扱える告発前の段階で記者会見を開いた。それも記者たちには評判が良かったらしく、記者たちは会見の最初から最後まで、岡部に対しケンカ腰になるようなこともなかった。

事件は政界を揺るがすどころか転覆させる大スキャンダルに変わった。

捜査権限のない立場の人間の会見としては、これで十分だった。地検が厳しく捜査をすれば、必ず中国企業側からの賄賂が菅野官房長官に渡った証拠を突き止めるだろう。

官房長官と首相は表裏一体。政権の命脈は尽きた。

18　新聞人

房州新聞を退職する半年ほど前、岡部は千葉の中心市街地にある吾妻町の「芳《よし》」という料亭に呼び出された。

入り口で女将に名前を告げると、この料亭で最も奥にある「鳳《おおとり》の間」に通された。途中、隣の小部屋に二人の男女が何も食べず、お茶だけを飲んでいるのが見えた。見知った顔だと思ったが、女将に案内されるがまま、岡部は鳳の間のふすまを開けた。

待っていたのは、房州新聞社長、大和田岩雄と衆議院議員、鶴沢けいいちろうだった。

先刻まで談笑する声が部屋の外にまで漏れていたが、二人は岡部を見るなり一瞬で顔を険しくした。大和田が重苦しい声で、

「そこに座れ」

と、岡部に命じた。

岡部の席は用意されていなかった。

岡部はふすまを後ろ手に閉めると、その場に正座して両拳を畳に突き、

「房州新聞社会部キャップ、岡部です」

とあいさつし、軽く頭だけを下げた。

「岡部。鶴沢先生も時間がないから結論から言う。お前が書いたあの原稿は載せるな」

大和田が岡部をにらみつけた。鶴沢は大和田の向かいで何事もなかったかのように酒の猪口《ちょこ》を傾けていた。

岡部には、呼び出された理由はわかっていた。大和田の大学の同期であり長年の友人、鶴沢の中国企業との癒着、贈収賄という不正を暴いた記事を書いた。だが、その記事は掲載前のチェックで、副社長の腰巾着の社会部長から編集局長を飛び越して副社長へと上がり、あっという間に大和田社長のもとへ届いた。友人の不正を暴く記事などもってのほか。記事の掲載を止めようという魂胆だというのは、簡単に予想できた。

だが、そこには岡部の想像を上回り、鶴沢本人が同席していた。つまり、大和田は岡部が書いた掲載前の原稿の内容を鶴沢に告げたということになる。掲載前の情報を外部に漏らすなど、報道機関としてあるまじき行為だ。岡部はどこまでも腐ったこの大和田に腹が立ったが、鶴沢本人がこの場にいるのなら話は早い。岡部は大和田にひと言、「それはできません」と言い放った後、鶴沢に向かって、

「鶴沢さん。すでに原稿の内容はご存知と思います。中国企業との癒着、認めますか！」

と〝取材〟をした。

その瞬間。大和田が勢い良く立ち上がり、

「貴様！　ここをどこだと思ってる！　わきまえろ！」

と一喝し、持っていたビールのグラスを岡部に投げつけた。避けたグラスが壁に当たって割れ、その破片が岡部の頬《ほほ》に小さなキズをつけた。

「取材対象者が目の前にいれば、取材をかけるのが新聞記者です！　あなたは社長でありながら、それを止めるんですか」

岡部は大和田をキッと見据え、記者の本分を宣言した。だが、大和田にはまったく届かなかった。

「貴様！　誰に向かってものを言っとる！　主筆のわしがあの原稿はボツだと言っとるんだ！　それを今さら取材だと？　ふざけるな！　たかがキャップ風情が思い上がるのも大概にしろ！　わしと口がききたかったら役員になってから言え！」

大和田は烈火の如く怒り、近寄ってきて岡部の胸ぐらをつかんだ。そして拳を握った。大学時代、ラグビー部でフォワードだったという大和田だ。あざの残らない殴り方は心得ている。岡部は覚悟して歯を食いしばった。

そのとき、鶴沢が口を開いた。

「岩《がん》ちゃん。その子、クビにしちゃえば？」

同じラグビー部でウイングだったという鶴沢はそう言うと、「ひっひっひ」と笑った。目尻は年相応に垂れ下がっていたが、その奥のハイエナのような目には狡猾《こうかつ》な光が宿っていた。

それを聞いた大和田は、岡部を部屋の隅に突き飛ばすと、

「鶴ちゃん、そういうわけにもいかんのよ。うち、マスコミだろ？　理由もなく社員をクビにすると、組合がうるせえんだよ」

と言って、自分の席に戻った。

突然の大和田と鶴沢の学生同士のような掛け合いが、岡部に「お前など眼中にない」と言っているように感じさせた。

「じゃあ、輪転工場にでも飛ばしちゃえばいいじゃない。新聞の輪転機って、よく指とか飛ぶんでしょ？　指がなきゃ、記事なんか一生書けないんだから。ひっひっひ」

「さすが鶴ちゃん。じゃあ、そうしよう。次の異動でこのバカ、輪転行きだ」

そう言って鶴沢に酌をした大和田は、岡部の方を一瞥《べつ》すると、

「そういうことだ。お前はもう帰っていい」

と言って、そこにいる岡部を無視するように談笑を再開した。

「そんな……。特ダネ獲って輪転って、ちょっと待ってくださいよ」

目の前で人事権という伝家の宝刀を振りかざされ、岡部はたじろいだ。だが、それでも明らかに正しいのは自分だと信じ、さらに食い下がろうとした。

「貴様！　しつこいぞ！　そんなに書きたきゃ他所《よそ》で書け！」

大和田が間髪入れず、岡部の方を見ずに声を荒げた。そして、

「そうか。他所に行ってくれりゃあ、クビにせずに済むのか。そりゃいいな」

と、自分で言ったことに一人で納得した。それには鶴沢も、

「ちょっとちょっと、岩ちゃん。あれ、他所で書かれてもマズいんだって」

と、すぐさま反応した。

岡部は目の前にいる新聞を私物化する社長を見て唇を噛み、

「それでも新聞人か……」

とつぶやいた。

「何か言ったか？」

大和田が反応した。岡部が、

「いえ」

とだけ答えると、大和田は、

「さっさと帰って仕事しろ。殺しだって交通事故だって、ほかに書くことはいくらでもあるだろう。ああいう原稿を載せたかったら主筆になってからにしろ。まあ、貴様程度じゃ一生、主筆になどなれるわけがないがな。ははは」

と笑った。二人はもう、岡部に一切、視線を向けることはなかった。

——人を虫ケラ扱いしやがって。人ってのは、権力を持つとここまで醜くなるものか。人を人とも思わない悪党どもが……。

岡部はあまりの悔しさに、拳で畳を強く打った。

その音を聞いた大和田は、伝家の宝刀を振るって余程気分を良くしたのか、さらに付け加えた。

「それとな、岡部。貴様はわしに無礼を働いた。連座制で、今の社会部は全員左遷だ。貴様は一生、同僚たちに恨まれ続けろ」

大和田はやはり、岡部をまるで無視するかのように視線すら向けなかった。

それを聞いた岡部は立ち上がると二人をにらみつけ、あいさつもせず部屋を出ようとした。背中から鶴沢の下品な声が聞こえた。

「岩ちゃん。あの子、真実を報道しなかったんだから、記者としては終わりでしょう？　他社に逃げられても困るから、どうだい、うちで引き取るってのは。あの子には前に世話になったこともあったし、生かさず殺さずってことで」

――ふざけるな！　てめえで〝真実〟と認めておきながら証拠隠しにおれを引き取るだと……！

岡部はふすまを開けて部屋の外に出ると、後ろ手で音がするほど思い切りふすまを閉めた。帰り際、隣の小部屋の若い二人と目が合った。隣室の騒ぎが届かないはずがない。よく見ると、男は鶴沢の公設秘書で、女は房州新聞社長室の秘書だった。テーブルの上は来たときと変わらず酒も料理もなく、湯呑みが二つ置いてあるばかりだった。

19　記者の背中

岡部の三回目の記者会見の日、花村は司法記者クラブの入る東京高裁のロビーで会見が終わるのを待った。

会見の日時と場所は東洋新聞の竹内から聞き出した。ここで待っていれば、岡部に会えると思った。

いくつかのネットメディアが、岡部の会見をインターネットでライブ中継していた。

花村はスマートフォンでその様子を観ながら待った。

〈壁耳です〉

岡部の説明を聞いて、花村は震えた。

記者の手法――。

岡部は決定的な証拠を、壁耳などというこれ以上ないほどアナログな方法でつかんでいた。現代ならいくらでも盗聴器を仕込んだり小型カメラを仕掛けたりできそうなはずなのに、岡部はそれをしなかった。犯罪になるからだ。壁から漏れ聞こえてくる声を聞く分には、犯罪にならない。そこに岡部は、高性能の集音マイク付きICレコーダーを採り入れた。アナログ一辺倒と思っていた岡部は、効果的にデジタル技術も駆使していた。

会見はそこでほぼ終わったようなものだったが、その後も記者からの質問が相次いでいて、予定の一時間よりも長引いていた。

それでも二時間ほどで会見が終了すると、エレベーターホールからぞろぞろと集団が出てきた。中心に岡部がいた。

花村はすぐに立ち上がると、記者団を引き連れるようにロビーへと向かって来た岡部に向け、軽く手を挙げた。

裁判所内での囲み取材は禁止されている。記者団は追加の囲み取材をしたいのであれば、裁判所の敷地外に出るしかない。岡部も記者団もお互い、それがわかっていたから、岡部は悠々と花村のもとへと近づいて来た。それを見た記者団は岡部から離れ、敷地外の正門の外に向かって行った。

「終わったよ、すべて」

岡部はそう言うと、花村の隣の待合用のソファに座って笑った。長時間の会見でかなり疲れているはずだったが、社会部時代と変わらず爽やかで、どこか清々しさも感じさせる表情に見えた。

花村も横に座った。

「喫煙所、行きます？」

花村はVサインの表と裏をひっくり返して口に近づけ、たばこを吸うポーズをした。長時間の会見でさもたばこを吸いたいだろうと気遣った。だが、岡部は、

「いい。あそこ、いつも混んでるからな」

と、あっさりと断った。

岡部がなぜ会社を辞めたのか。花村の頭の中には、もう結論ができあがっていた。あとは、岡部本人にそれをぶつけて〝裏〟を取る。岡部に会いに来たのは、その一心だった。

「この大ネタ、キャップ時代に完成されてましたね？ それで記事を書いた。だけど、社長のストップがかかった。だから会社を辞めた。違いますか？」

花村は岡部に、これまでに推理したど真ん中の直球を投げた。岡部はその球を吟味《ぎんみ》するかのようにしっかりと見てから、

「……おれはそんなにデキる記者じゃねえよ」

と言った。簡単にファールにされたような気がした。

「記事は書いたんですよね？」

自分の推理が外れたのかと思った花村は、戸惑うように聞き返した。

「ああ、書いた。社長のストップも確かにあった。だが、ネタ自体は完成しちゃいなかった。当時の記事はまだ、単なる鶴沢の疑惑だった」

「単なる疑惑……？　単なるったって、代議士の贈収賄ですよ」

「花村はおれが広告にいたことは知ってるだろ？　あそこにいると、いろんな業界団体の総会を取材するんだ。本来、ニュースにもならない総会を無理やり記事にする。記事にしたんだから広告を寄越せってことだ。まあ、いわゆるご機嫌取りだな」

「僕も今、広告ですからわかりますが、それが？」

「おれは、そこで鶴沢が理事長を務める房州文化財団の総会を取材したんだ。そこの予算決算の額が普通の業界団体と比べて異常に高くてな。気になったから、その後、文化部に異動したとき、文化振興の口実を付けて財団を取材したんだ。そこで、ネタ元は明かせないが、まあ、財団の関係者……、いや、〝ある人〟から資料をもらい、あの財団が事実上、鶴沢の資金管理団体になっていることを突き止めたんだ」

岡部は、記者の守秘義務を踏まえて簡潔に説明したが、その取材手法はとても真似できるものではなかった。

「まさか。もしかしてキャップ、文化部時代に贈収賄疑惑なんて社会記事を書いたんですか」

花村は岡部の話を聞くうちに、すっかり当時のサブキャップに戻っていた。

「あの頃は、まだ贈収賄疑惑にはなってなかった。財団関係しかわからなかったからな。もっと軽い、政治資金規正法違反疑惑で書いたんだ。文化部だって立派な記者だからな。だがそれは、当時の社会部長にあっさりともみ潰《つぶ》された。文化部風情が余計なことすんじゃねえってことでな」

「政治資金規正法だって、十分に鶴沢の首獲れるネタじゃないですか」

「まあな」

「当時の社会部長って、まさか丹羽ですか？」

「いや、その前だ。今の副社長」

「副社長。じゃあ、それでキャップになってから、正々堂々と贈収賄疑惑で記事を書いた。だけど、それが今度は、社長に止められたと」

「ああ。だが実際、記事は書いちまったんだが、あのネタはまだ大きくなりそうだという予感もあったんだ。鶴沢一人じゃなく、もっと上に伸びるかもしれないってな。今から考えれば、社会部長のストップも社長のストップも天の啓示だったんだな。それで、その後もずっと事件を調べ続けた。そうするうちに、大きくなりそうだという予感は確信に変わった。だからおれは、まあいろいろあったんだが、決定的な証拠を集めるために秘書になったんだ」

「証拠を集めるため？　秘書ったって、記者でも議員でもないじゃないですか」

「花村だから教えるが、衆院の本会議場出たところに喫煙所があるだろ、カプセルみたいなの？

あそこを使ったんだ。議連で鶴沢にいつも反対してた中西《なかにし》って議員は知ってるか？　中西はいつもあそこでたばこを吸うから、おれはそこに何度も顔を出した。そうしているうちに、中西から議連の資料だけじゃなく、政界の裏情報も集められたんだ」

――喫煙所で情報を……。会見では〝壁耳〟が決定打だったというようなことを言ってたけど、決定打を打つためには布石が必要だということか。

花村は完全に社会部当時に戻ってしまい、ネタの獲り方を教えてくれる岡部に感心してしまった。だが、すぐに頭を振って、

「じゃあ、まさか、たったそれだけ。議員の首を獲る、たったそれだけのために、記者の身分を捨てたって言うんですか？　でもそれって、ネタが育たなかったら、どうするつもりだったんですか」

と聞き返した。

「たったそれだけってことはないだろう。その先には千葉のためってのがあったんだから」

岡部がそう言って笑った。

――千葉のため……。

一瞬で頭の中が、東日本大震災で被災し、液状化した街の泥かきをしていた学生時代に戻された。「千葉のためですから」。あのとき、取材に来た岡部はそう言って、今と同じように笑った。

岡部はあのときからまったく変わらない、心の軸を持っていた。

花村は意を決し、今まで心に秘めてきたボールを握りしめた。

「つまり、鶴沢のネタを仕上げて千葉のため、幕張を質の悪いカジノ天国にしないために会社を辞めた。社長に掲載を止められたなんてのは、単に会社を辞める口実だった」

花村は二球目の直球を投げた。

「それは少し違う。いろいろあったんだ」

またファールにされた。

花村は岡部の言葉の続きを待ったが、そのとき、正面入り口の方から「岡部さん。そろそろ！」と声が掛かった。正門前での囲み取材の準備が整ったらしい。

話せてもあと一、二分が限度だ。最後の決め球を選ばなければならない。

「キャップ。ブリューゲルのあの絵。何がカチガラスですか」

花村はとっさに、岡部に最後にもらった絵葉書のことを持ち出した。

「調べたのか？」

岡部は、慈しむような優しい視線を花村に向けた。

「三年かかりました」

「三年か……。あれからずいぶん時間が経ったんだな」

花村は最後の一球を決め、振りかぶった。

「キャップがどうしてあの絵を愛していたのか、ようやくわかりました。絞首台の下には、糞をしたり音楽に合わせて踊ったり、傍若無人な村人がたくさんいた。絞首台の上のカササギはカチガラスでも、無実の女を『魔女だ』と告げ口して絞首台に送る密告屋なんかでもない。世の傍若無人を口やかましく訴え続けて絞首台に送る存在であり、そういう作品を数多く遺したブリューゲル自身とも解釈できるんです」

「……」

岡部は、優しい目のまま黙って聞いていた。

「ですが、キャップはあの絵に独自の解釈をした。ジャーナリズムを見たんです。カササギは、ブリューゲルでもあり記者そのものでもある。つまり、世の不正を口やかましく糾弾し続ける、キャップそのものだったんです！」

花村の三年間の思いを込めた直球が指から放たれ、うなりを上げてホームベースに向かっていった。

「……」

岡部のバットは出遅れていた。もうひと押しだ。

「あの絵葉書。キャップが記者クラブに飾り出したのって、辞める寸前でしたよね？　キャップは最後に、遺言で妻に託したブリューゲルと同じように、あの絵を僕に託した。会社を辞める理由は言えないけれども、それは絵に込めた。自分がいなくなっても、報道の精神は忘れるな。そう、僕に伝えたかったんです」

花村は、最後はあえて質問にせず、自ら断定してみせた。

「……」

百戦錬磨の岡部が完全に黙った。

花村はこの間《ま》が急に恐ろしくなり、

「違いますか？」

と言葉を挟んだ。すると岡部が、ゆっくりと口を開いた。

「……参ったよ」

岡部のバットが空を切った。空振り三振。岡部が初めて、花村の読みを認めた。

花村はポケットから、岡部にもらった『思無邪』のジッポーライターを取り出した。

「これもそうです。『純粋であれ』。純粋に報道の精神を追求し続けろってことです。これって、筆頭参事官の餞別なんかじゃないでしょう」

花村は自信を持って詰め寄った。岡部は優しく笑って、

「それでおれを殴るか？」

と聞いた。

花村も笑って首を振り、右手の中のジッポーをポーンと軽く上に放り投げてキャッチした。

「キャップ。最後に一つだけ。キャップはこれから、どうするつもりですか」

新聞記者を辞め、国会議員の秘書でもいられなくなった。花村は純粋に、これから先の岡部が心配だった。

「これからか。どうするかな。おれなんか、取材して書くことしかできねえからな」

「キャップなら、どこの会社だって引く手数多《あまた》じゃないっすか」

「こんな獅子身中の虫みたいな人間、誰も雇わんよ」

「会社組織に嫌気が差したんなら、フリーのジャーナリストって手も。いいじゃないですか、フリーなんて。それなら僕もい――」

一緒に連れて行ってくださいと思わず言いそうになった花村を、岡部が手で制した。

「そうだな。時間もあるし、今回の事件で一冊、本でも書いてみようか。どこが出版してくれるかはわからんが、取材資料も豊富にあるし、今まで黙っててもらったウチのカミさんに印税でごちそうでもしなきゃ恨まれちまうからな。実現できたら一応、ノンフィクション作家ってことでどうだ? もちろん、主人公は花村で」

岡部が、冗談とも本気とも取れないことを言って笑った。

「やめてくださいよ、主人公だなんてそんな」

作家になるなどと思いもしなかったことを突然言われ戸惑う花村を横目に、岡部は立ち上がった。

「そうだな。タイトルは……、『新聞復権』なんてのはどうだ？　花村、お前は新聞復権を目指してるんだろ？　今回の事件で房州新聞が復権すれば、それでハッピーエンドじゃねえか。いや、それじゃノンフィクション作品っぽくないか。タイトルってのは難しいな。ははは」

岡部はそう言うと、囲み取材を待つ記者団の方へとゆっくり歩いて行った。

新聞復権。青臭すぎて、今まで誰にも明かさなかった想いまで、岡部には見抜かれていた。

〈岡部君、生涯に一枚でいいから、これぞという作品を遺してみたいなんて言ってました〉

かつて、書の人間国宝、横山照界に言われた言葉がふと頭によみがえった。

――生涯一枚の……絵？　そうか。キャップは生涯一枚の絵、絵画を描きたいなんてひと言も言ってない。人生を象徴するような作品を遺したかったってことだ。それはノンフィクション小説なんかじゃない。それがこの、たった一人で政権の不正を正すという〝絵〟だったんだ……。

花村は岡部の後ろ姿を見送った。その背中は、政治家秘書でもなければノンフィクション作家でもなかった。あの頃と変わらない、ただくたびれた、新聞記者の背中だった。

東京高裁の建物を出ると、岡部が正門の外で若い記者たちに囲まれているのが見えた。

そのとき、花村のスマートフォンが鳴った。

着信画面に『丹羽編集局長』と表示されていた。

〈花村、異動だ。内示書渡すから、あした本社に上がって来い〉

今が人事異動の季節だったことはすっかり忘れていた。

「内示ですか？　編集局長からってことは……」

〈サツキャップだ。来期からは、会社の顔はお前で勝負する〉

三年。懲役三年はあまりにも長かった。それがついに、新聞社の華、社会部のキャップ。岡部が辞めたときには、まだ自分には力不足だと思っていたが、今の自分であれば、務め切れるような気がする。丹羽編集局長から〝会社の顔〟と言われ、花村は言葉が出なかった。

〈実はな、花村。おれも部数減の責任を取って、今期限りって話があったんだ。だが、それを岡部が救ってくれた。アイツがあんなデカい事件を暴いてくれたおかげで、房州新聞ここにありと示せた。それで首の皮一枚つながったんだ〉

丹羽編集局長の声に、普段と違う優しさが感じられた。

「そんな話が……」

〈それだけじゃない。岡部は辞める前、ある原稿に関して社長と直接やり合ってたんだ〉

「それは知ってます。あの事件の原稿ですよね？」

〈知ってたか。おれは副社長から先刻聞かされたってのに。まあいい。それで社長が怒っちまってな。そんな取材をさせた社会部はけしからん、全員輪転行きだなんて言い出したらしいんだ〉

「輪転って、まさか僕もですか？」

〈そうだ。それを言い出した役員会議に岡部が乗り込んで、自分の退職と引き換えに社会部長とお前の輪転行きを止めたんだそうだ〉

「だそうだって何ですか。局長だって、その場にいらっしゃったんじゃ？」

〈その会議、おれ、出てなかったんだよ。東京で別の会議があってな。それを知ってりゃあ、お前に岡部の辞める理由を探れなんて言わなくて済んでたんだ。いやあ、あのときはすまなかった〉

――キャップが自分を犠牲にしておれを守った？　おれは最後まで、キャップの手のひらの上で踊らされてたってわけか。

〈それとな、花村。嶋は部数減の責任を取って川名に出戻りだ。社長も役員たちも鶴沢の失脚と大幅な部数減でダンマリを決め込んでいる。だから安心して、社会部で存分に筆をふるってくれ。それにお前、営業でも始末書書いたんだってな？　『始末書の花村』だなんて、おれんとこにも苦情きたぞ。やっぱ記者に営業は向いてねえな。ははは〉

苦笑いを返して電話を切った花村は、いまだ記者団に囲まれている岡部の方を見た。

終わるのを待って、キャップ就任を知らせに行こうかと思ったが、すぐにやめた。

——いや、最後までじゃない。報道に終わりなんてないんだ。きょうからはおれが、あの人に代わって真実を伝えていくんだ。あの人が教えてくれたじゃないか。どんなに立場が違おうと、どんなに部数が減ろうと、世の不正を訴え続けてさえいれば、世間は必ず見てくれる。これこそが、新聞復権の道なんだ。

するとと瞬間的に、同期の山本舞の顔が浮かんだ。「ついにキャップだ。お前にやっと追いついたぞ」。電話してそう言ってやろうと思ったが、それもやめた。

——追いついたから何だってんだ。まずはキャップとして結果を残してからだろう。

花村はパーンと両手で頬をたたき気合を入れると、正門に向かって歩き出した。

記者団の後ろを通ると、記者たちの無数の質問が耳に入った。

輪の中心でたくさんのICレコーダーを向けられる岡部には視線を向けず、ただ前だけを見て通り過ぎた。

空を見上げた。

澄み切った青空を黒っぽい鳥が横切った。

花村の目にはそれが、東京都心にいるはずのない、カササギに見えた。

（了）

本作品はフィクションであり、登場人物・団体名等は全て架空のものです。実在する人物・団体とは一切関係ありません。

《参考文献》

『ブリューゲル』（宮川淳著、新潮美術文庫、一九七五年）

『図説　ブリューゲル　風景と民衆の画家』（岡部紘三著、河出書房新社、二〇一二年）

『ブリューゲルの世界　目を奪われる快楽と禁欲の世界劇場へようこそ』（マンフレート・ゼリンク著、熊澤弘訳、パイインターナショナル、二〇二〇年）

◎論創ノベルスの刊行に際して

本シリーズは、弊社の創業五〇周年を記念して公募した「論創ミステリ大賞」を発火点として刊行を開始するものである。

公募したのは広義の長編ミステリであった。実際に応募して下さった数は私たち選考委員会の予想を超え、内容も広範なジャンルに及んだ。数多くの作品群に囲まれながら、力ある書き手はまだまだ多いと改めて実感した。

私たちは物語の力を信じる者である。物語こそ人間の苦悩と歓喜を描き出し、人間の再生を肯定する力があるのではないか。世界的なパンデミックや政情不安に覆われている時代だからこそ、物語を通して人間の尊厳に立ち返る必要があるのではないか。

「論創ノベルス」と命名したのは、狭義のミステリだけではなく、広義の小説世界を受け入れる私たちの覚悟である。人間の物語に耽溺する喜びを再確認し、次なるステージに立つ覚悟である。作品の刊行に際しては野心的であること、面白いこと、感動できることを虚心に追い求めたい。

読者諸兄には新しい時代の新しい才能を共有していただきたいと切望し、刊行の辞に代える次第である。

二〇二二年一一月

豊田旅雉（とよだ・りょち）

1973年、千葉市生まれ。明治大学文学部日本文学科卒業。元新聞記者。2023年に処女作『猿たちの法廷』（つむぎ書房）でデビュー。同年中に「第2回論創ミステリ大賞」、「第13回金魚屋新人賞（辻原登奨励小説賞・文学金魚奨励賞）」で最終候補に選出されたほか、『熱鷹–内陸空港の功罪–』（同）で「第2回らくむぎ出版コンテスト」の優秀賞を受賞。新千葉タイムスで「新進気鋭の作家エッセイ」連載。台湾・桃園市立図書館より感謝状。著書はほかに『らえぬ女子の漂流』（同）。

新聞復権《しんぶんふっけん》　〔論創ノベルス014〕

2024年7月10日　初版第1刷発行

著者　豊田旅雉
発行者　森下紀夫
発行所　論創社
〒101-0051　東京都千代田区神田神保町2-23　北井ビル
tel. 03（3264）5254　fax. 03（3264）5232　https://ronso.co.jp
振替口座　00160-1-155266

装釘　宗利淳一
組版　桃青社
印刷・製本　中央精版印刷

ISBN978-4-8460-2403-1